Jéhovah Boy

Marco Hukenzie

CHALTAROS

© 2020, Marco Hukenzie

Éditions : BoD-Books on Demand
12-14 rond-point des Champs-Élysées, 75008 Paris
Impression : Books on Demand, Norderstedt, Allemagne

Photo couverture : Unsplash/Clem Onojeghuo

ISBN : 978-2-3222-4131-6
Dépôt légal : septembre 2020

1 - The great commandment (Camouflage)

Bruno fixe la grande vitre floue assombrie par la nuit, piquetée par la pluie. Chaque fois que les gouttes crépitent sur le verre, il compte. Frrrrp. « Quatre-vingt-dix-sept ». (un temps). Frrrrp. « Quatre-vingt-dix-huit ». (un temps, plus long). Frrrrp. « Quatre-vingt-dix-neuf... ». Il se dit qu'il devrait compter aussi pendant les temps morts, une fois par seconde, comme ça il arrivera plus vite à dix mille. Les micros amplifient l'accent réunionnais de Frère Da Silva qui énumère les fruits de l'esprit, debout sous une pancarte blanche et longue comme une bulle de BD franco-belge : *« Ils ne font pas partie du monde, comme moi je ne fais pas partie du monde » (Jean 17:16) - 1990.*

Cinq ans plus tôt, Bruno a dix ans et il est là, à quelques fauteuils près. Il compte soixante secondes pour chaque caractère de la pancarte qui cite alors un verset biblique du livre des Révélations et lorsqu'il arrive à la fin, il recommence depuis le début. Les semaines passent, le jeu se répète à l'ennui, et faute de mieux, il finit par se résoudre à donner du sens à la voix du micro. Peu à peu, une brèche s'entrouvre dans ce qu'il croyait être la réalité. Tandis que tout un chacun erre ici-bas en s'adonnant à la trivialité et au péché, une grande bataille fantastique et millénaire se livre entre deux armées dans les cieux emplis de nuages pourpres et zébrés d'éclairs de la Fin des Temps. Dieu et ses myriades d'anges contre Satan et ses hordes de démons. C'est une histoire fabuleusement épique, aux contours de cases nets, aux couleurs flamboyantes et contrastées. Mais ce n'est pas seulement une histoire. C'est la Vérité. Et on invite personnellement Bruno à y participer.

Qui peut refuser une telle mission ?

Mais depuis un mois, ou deux, peut-être un peu plus, il s'est remis à jouer au compteur de lettres-minutes. Ou de crépitations sur les vitres. Il ne sait pas vraiment quand ni comment c'est arrivé. Peut-être lorsqu'il a commencé à faire semblant de préparer la réunion du dimanche en soulignant au hasard des phrases de *La Tour de Garde*, au cas où un voisin de fauteuil un peu trop curieux du genre Mireille ou Siquilini jetterait un œil inquisiteur sur son périodique.

Et ça fait deux fois de suite qu'il n'a pas préparé l'étude avec Jacques.

Silence attentif – résigné ? – des frères autour de lui, parfois brisé par les pleurs d'un bébé. A sa gauche, le petit Chivot qui se cure le nez. A sa droite, le vieux Gironella qui comme toujours empeste l'ail, et qui serre sa *Traduction du Monde Nouveau* dans ses paluches aux ongles noirs. Mais sa Bible a de la classe. Elle est protégée par une couverture en cuir noir ornée d'un tétragramme doré, les quatre lettres hébraïques du nom divin.

Bruno se retourne. Stéphane, son petit frère de dix ans, dort. Une frange châtain soyeuse effleure le haut de ses paupières fermées. Près de lui se tient Veronica, leur mère, visage en croissant de lune, longs cheveux noirs « comme l'ébène » se précisait-il plus jeune.

Il avait lu ça dans *Blanche-Neige*.

« Tourne-toi » murmure-t-elle agacée.

Il obéit.

Le petit Chivot a lâché son nez. Il fredonne « bateau sur l'eau » en se balançant d'avant en arrière, faisant couiner le cuir du fauteuil sous ses fesses. Son père, index sur la bouche, lui intime le silence. Le gamin baye aux corneilles, pose le menton sur le plat de sa main en faisant une moue boudeuse. Là-bas derrière le pupitre, Da Silva précipite Satan et ses hordes démoniaques dans les feux de la Géhenne, puis invite l'auditoire à suivre avec lui un extrait du sermon de Jésus sur le Mont des Oliviers. Bruno ouvre sa Bible et s'arrête sur une page au hasard, histoire de donner le change. Pas envie de chercher ce soir. Autour de lui, les pages fines claquent comme des battements d'ailes d'oiseaux encagés.

Cinq ans plus tôt, il lit un *Mickey Parade* dans sa chambre. Sa mère apparaît dans ce manteau de laine noire qui lui donne un air de corneille racée, lui demande de l'accompagner à une étude de la Bible. Il lui répond qu'il n'a pas fini son histoire, qu'il en est au moment où Donald décide de trouver une herbe magique pour guérir Blanche-Neige, encore elle, de sa cécité, que la Bible c'est la religion, et que la religion, vu comment c'est la messe du dimanche matin à la télé, ça lui donne pas envie. Tu discutes pas, tu t'habilles et tu viens.

Il soupire, maugrée, obéit. Plus tard, il entre dans un appartement inconnu, rue Mademoiselle dans le quinzième arrondissement, avec des inconnus et des demoiselles. Il y a des Blancs, des Noirs. Les hommes portent des costumes et des cravates, les femmes des robes blanches ou fleuries. Tous des sourires. L'ambiance n'est pas désagréable, inoffensive, studieuse, une sorte de club de premiers de la classe.

Un grand club dont il va définitivement faire partie dans deux mois.

On doit marcher dans les pas du Christ, exhorte Da Silva, rejeter toute forme de violence, y compris celle des films de cinéma. Satan connaît toutes les ficelles, ne l'oubliez pas, il se déguise en Ange de lumière (II Corinthiens 11 : 14, 15), et il sait que le cœur de l'homme est traître (Jérémie 17 : 9). Il peut s'y immiscer subrepticement, par le biais de divertissements aux allures innocentes, pour y distiller ses messages impies.

BANG une bombe explose. Les fauteuils et leurs occupants s'envolent. Les flammes géantes d'un incendie surgissent, dévorant tout sur leur passage. Cris. Fumée noire, suffocante. Odeur insupportable de chair brûlée. Bouts de peau sanguinolents collés aux murs. Bruno émerge d'une masse enfumée, portant à bout de bras le petit Chivot qui n'est plus qu'une loque inerte, ensanglantée, méconnaissable, même plus de nez dans lequel il pourra fourrer son doigt. Le plafond s'écroule. Bruno, pourtant les mains pleines, se jette sur Gironella pour le protéger, c'est pas parce que le vieux pue qu'on doit pas se sacrifier pour lui. Fracas. La Salle du Royaume s'effondre. Tout est fini. Couché sur le vieux, prêt à mourir, Bruno ferme les yeux.

Rien.

Il rouvre les yeux. Relève la tête.

Les débris de plafond restent immobiles dans l'air, maintenus par un filet de lumière blanche et scintillante.

La Lumière Divine.

Jéhovah est intervenu.

Il a assisté à son acte héroïque et l'a préservé de la destruction, réalisant peut-être, pris d'une soudaine intuition divine, qu'il serait le héraut idéal de quelque future mission cosmique.

Comme le Surfeur d'argent avec Galactus.

Etre le Surfeur d'argent... traverser l'espace infini en une poignée de secondes...

Ou être Captain Marvel.

Avoir la Conscience Cosmique.

Ça doit être quelque chose, la Conscience Cosmique. Penser et ressentir ce que pense et ressent chaque être vivant de l'univers, homme, femme, chien, insecte.

Peut-être que c'est pas si compliqué, en fait.

Peut-être qu'il faut juste s'y mettre.

Devant Bruno, Mireille, petite dame replète d'une soixantaine d'années, hoche régulièrement et ostensiblement une tête inspirée en écoutant l'orateur. C'est elle qui un jour a frappé à la porte de l'appartement familial et qui, à coups de mots gentils, de lueurs débonnaires dans le regard, de petits rires candides rehaussant ses pommettes rougeaudes de bonne vivante, les a entraînés ici pour la première fois. Une machine à convertir, Mireille, un tout-terrain du prosélytisme, capable de grimper huit étages sans ascenseur pour débusquer une brebis égarée quelque part dans une chambre de bonne.

Un cobaye idéal pour la Conscience Cosmique.

Bruno-Captain Marvel focalise son regard sur la nuque grasse de la prédicatrice à plein temps, et, très vite, des mots égrenés d'une voix flûtée résonnent dans son esprit : « ah Jéhovah ! Si seulement les petits pouvaient écouter ta Parole comme le fait en ce moment même le petit Bruno derrière moi, quelle joie et quel sentiment de bénédiction je ressentirais... » Les petits... sans doute parle-t-elle de ses petits-enfants, qu'elle ne voit plus depuis longtemps car son fils, rebelle à la Vérité, ne lui adresse plus la parole. Pauvre Mireille. Bruno est tendrement ému de constater qu'elle pense ainsi à lui. Puis il se dit que c'est logique. Elle l'a aimé dès leur première rencontre. Ce soir-là, elle lisait un chapitre du livre des Actes à sa mère dans la cuisine. Il était en pyjama. Intrigué par la petite voix aimable et haut perché de l'invitée, il s'était accroupi silencieusement derrière la porte entrouverte. Il éprouvait le besoin de plaire à cette petite bonne femme, de lui faire la démonstration de sa curiosité précoce pour la chose divine, bien que cet intérêt fût en fait tout relatif. Il avait fait jouer le filet de son ombre déformée sur les carreaux du sol de la cuisine, par l'entrebâillement. Mais elle n'avait rien vu. Alors il avait poussé un peu la porte pour en faire grincer les gonds avant de se lever et de partir en courant, lui laissant le temps de voir que c'était bien lui et personne d'autre qui tentait de profiter avec une pieuse discrétion des bienfaits de la Parole de Dieu. En entendant son rire perlé depuis sa chambre, il avait éprouvé un sentiment de satisfaction très gratifiant.

Allez stop. Faut savoir s'arrêter, quand même. Respecter l'intimité des autres.

Il balaye l'assistance du regard pour trouver un nouveau sujet d'expérience.

Madjid n'est pas là ce soir. Il sait pour quelle raison, mais il n'a aucune envie d'y penser, alors il passe à autre chose.

Là-bas au premier rang, la grosse tête à cheveux bouclés de Jean-Christophe. Il repense à tous les bons moments de la rue Daguerre, à Denfert-Rochereau, les dimanche après-midi pluvieux passés à voir des films, les parties de *Richesses du Monde*, les batailles de boules de papier crachées… A présent, les pensées de Jean-Christophe sont barricadées. Bouclier psychique, peut-être. Bruno ferme les yeux, fronce les sourcils, se concentre de toutes ses forces. Il se visualise en train de fermer les yeux, de froncer les sourcils, de se concentrer de toutes ses forces.

Rien.

Il rouvre les yeux alors que le ton de Da Silva s'enflamme. Ça sent la fin de discours. L'Har-Maguédon est à nos portes, là, tout près. Le jour du Jugement éradiquera toute trace de mal et d'injustice, prélude à une existence paradisiaque pour les bienheureux qui, leur vie durant, auront marché dans les pas du Christ. En attendant ce moment, frères, prêchons pour sauver le plus possible de brebis égarées. Oui ! Prêchons, prêchons, prêchons la Bonne Nouvelle de la venue de Notre Seigneur ! Applaudissements énergiques et, peut-être pour un certain nombre, soulagés. Frère Grandidier, maître de cérémonies, vient conclure. Merci, frère Da Silva de nous avoir confirmé que nous devons marcher dans les pas du Christ et tout faire pour proclamer la Parole de notre Seigneur Jéhovah. Vous savez bien, frères – vous venez de le démontrer encore une fois – que suivre l'exemple du Christ, c'est aussi aider à promouvoir son message. Et donc, grâce à toutes vos offrandes, une nouvelle salle du

Royaume vient d'être construite dans la banlieue de Levallois. Nous vous remercions de votre générosité. De la même façon, nous sommes persuadés que notre projet en ce qui concerne Issy-les-Moulineaux sera couronné de succès.

Le moment tant attendu — la fin de la réunion — est presque arrivé. Jeunes et vieux se lèvent en ouvrant leur cantique. Gilles Gabinard, le jeune frère éternellement souriant préposé à la sonorisation, pose un trente-trois tours sur une platine. Les haut-parleurs crachent une musique classique aux tonalités martiales. Bruno se met à chanter d'une voix forte, exaltée. Dans-l'ordre-nouveau, dominera-l'amour, et-les-riches-bienfaits, seront-toujours. Il est convaincu de posséder un organe magnifique et il donnerait peut-être bien la moitié de sa fortune – un billet de cinquante francs planqué dans son recueil des *Contes de Grimm* – pour être quelqu'un d'autre et s'écouter chanter. Alors que le chant atteint son apogée, il est saisi par la vision fulgurante de la marmite de spaghettis bolognaise que sa mère a préparée pour le dîner. Un frisson extatique traverse sa colonne vertébrale de bas en haut, mais ce n'est pas juste à cause des spaghettis, c'est certain, c'est parce qu'à cet instant précis il croit *sincèrement* à l'existence de Jéhovah, et il lui semble que cette image de nourriture est la récompense qu'Il lui fait entrevoir pour avoir eu la patience de tenir jusqu'au bout de la réunion. Vient la prière, humbles doléances qui précèdent l'« Amen » commun, libérateur, comme un soupir de soulagement collectif qui tairait son nom (*pense pas ça, c'est pas bien*).

Une seconde de flottement, puis les frères se lèvent dans une atmosphère hagarde, hésitante, peut-être sonnés par la vigueur du message divin qui leur a été prodigué ce soir, ou alors il est possible qu'ils soient fatigués après une semaine de travail ou d'école assortie d'un certain nombre d'autres activités spirituelles. A présent, on range la Bible et le *Ministère du Royaume* dans sa sacoche en cuir ou son sac à main, on négocie avec les siens les modalités de départ, puis on discute du temps qu'il va faire samedi pour la prédication ou d'un point qu'on n'a pas tout à fait saisi dans un article de *la Tour de Garde* ou de *Réveillez-vous*, et c'est un joyeux brouhaha, mais toujours empreint de respect et de spiritualité. Il faut s'approcher de quelques jeunes pour entendre des bribes de conversation plus profane, comme celle de la jeune et jolie Sarah Guilloux avec Myriam Siquilini à propos du Top 50 de la semaine :

— Tu as entendu la chanson de Mecano, « une femme avec une femme » ?

— J'ai renoncé à acheter l'album à cause de cette chanson-là. C'est dommage...

Deux ans plus tôt, Sarah Guilloux avait convaincu Bruno de ne plus écouter « Orinoco Flow » d'Enya parce qu'elle y chantait « C'est Noël » pendant le refrain. Les Témoins ne fêtent pas Noël. Pour eux c'est d'autant plus une fête commerciale que Jésus-Christ n'est pas né un vingt-cinq décembre. Par la suite, chaque fois que la chanson était passée à la radio, il avait changé de station d'une main fébrile, de peur d'insulter Dieu. Plus tard, il avait découvert en parlant avec un camarade de classe anglophone qu'Enya disait en fait « Sail away » et pas « C'est Noël ». Il s'était senti complètement débile.

Mireille se dandine jusqu'à la boîte à offrandes. Elle sort discrètement, humblement, un billet de cent francs de son sac à main et le glisse soigneusement dans le tronc. En la voyant faire, Bruno se sent soudain mal à l'aise. Il pressent soudain, et ce n'est pas la première fois, qu'elle et les autres sont d'une autre espèce que lui, véritablement dévoués, intègres, prêts au sacrifice ultime, plus en paix avec eux-mêmes parce qu'ils écoutent bien jusqu'au bout, parce qu'ils font ce qu'il faut faire en toutes circonstances, même quand personne n'est là pour les surveiller. Lui, tout à l'heure, laissait son esprit vagabonder, se racontait des histoires idiotes de gamin au lieu d'être attentif, au lieu de faire preuve de respect face à la manifestation de la Parole divine. Il a bien conscience qu'au-delà du plafond blanc de la salle du Royaume, au-delà de cet immeuble et des nuages nocturnes, Jéhovah est là, et a lu des pensées qui Le mettaient en scène dans un récit grotesque qui n'était pas celui de la Grande Bataille, qui n'était pas celui de la Vérité, mais une misérable parodie destinée à mettre en avant son auteur. Il sait que Jéhovah sait tout. Il sait qu'Il sait ce qu'il fait parfois le soir, dans son lit, quand les autres ne sont pas là pour le regarder *(n'y pense pas)*.

Il se sent soudain laid, repoussant. Il a l'impression que tout le monde fait semblant de ne pas le voir, de ne pas voir ses oreilles décollées. Il veut partir. Il part.

2 – I don't believe in you (Talk Talk)

La pluie a cessé et la nuit est tombée. Une brise fraîche agite les permanentes des sœurs qui accompagnent leur mari jusqu'à leur Citroën BX ou leur Peugeot 205. Jacques, le précepteur biblique de Bruno, sort de la Salle du Royaume. C'est un beau géant à lunettes, un Clark Kent tout droit sorti de la Tour de Garde, titre du périodique phare des Témoins de Jéhovah, mais aussi nom du quartier général de la *Justice League*, ce qui aurait tendance à conforter Bruno dans l'idée d'être le faire-valoir d'un grand groupe de super-héros. Tout comme le kryptonien, Jacques est un chef, un « ancien » de la congrégation, un des responsables spirituels chargés de conseiller, de réprimander, voire de bannir définitivement les membres de la congrégation ayant commis une faute grave.

Bruno lui serre la main. Frog-man rencontre Superman.

— J'ai appris pour Madjid, dit Jacques. C'est dur...

Bruno acquiesce, bien qu'il ne comprenne pas vraiment pourquoi tout ça arrive à Madjid, justement.

— Tu as pu le voir ? demande Jacques.

— Pas encore. Les visites commencent mardi.

— N'hésite pas à prier pour lui, Bruno. Et si tu veux, on en parle ce mercredi, d'accord ?

Bruno approuve. Jacques sourit, tapote son épaule, puis disparaît au coin de la rue en passant près d'un jeune homme en costume gris. Jean-Christophe.

Jean-Christophe a dix-sept ans, deux de plus que Bruno. On l'appelle « frère Perez » parce que deux ans plus tôt, il s'est baptisé pour devenir Témoin de Jéhovah comme ses parents. Bruno et lui sont devenus amis quelques minutes après leur première rencontre, ici même, avant la réunion du dimanche matin.

Jean-Christophe jouit d'une bonne réputation parmi les frères, même si on lui connaît un péché mignon : le cinéma fantastique. Il a initié Bruno à Georges Romero, George Miller, Ridley Scott, James Cameron, John Carpenter... En retour,

Bruno a tenté de lui faire lire *Le Seigneur des Anneaux* et les *Strange* de sa collection. « Tu sais les bouquins c'est pas trop mon truc, a fini par avouer Jean-Christophe, par contre Iron Man… » Les comics ayant trouvé grâce aux yeux de son nouvel ami, Bruno a pu régulièrement et avantageusement inverser les rapports d'apprentissage entre eux, passer du néophyte jéhovien au spécialiste du monde Marvel. L'été dernier, il a accompagné Jean-Christophe et sa famille dans leur maison de campagne, en Auvergne. Il a passé là-bas les meilleures vacances de sa vie.

Mais depuis quelques mois, leurs rencontres se sont espacées. Jean-Christophe est devenu fuyant. Il s'est mis à fréquenter d'autres jeunes de congrégations voisines, des gars que Bruno soupçonne d'être *biens dans leur peau*, populaires autant qu'on peut l'être chez les jeunes Témoins. Pour ranimer la flamme, Bruno a essayé de jouer la nostalgie. La semaine dernière, il a loué *Robocop,* le premier film qu'ils sont allés voir ensemble au cinéma – même qu'il avait dû mentir sur son âge pour pouvoir entrer avec Jean-Christophe. Il a effectué la location sur le compte vidéo de son ami pour le voir chez lui le dimanche après-midi. Mais ça ne s'est pas passé comme prévu. Jean-

Christophe a entrouvert la porte et lui a murmuré en prenant fébrilement le sac avec la cassette « c'est pas possible là, tu sais bien, Da Silva est ici, et on va à Meudon tout à l'heure. »

Frère Da Silva, le précipiteur de hordes démoniaques dans les affres géhenniennes, est un surveillant de circonscription. Il est chargé de s'assurer de la bonne santé spirituelle des frères en allant de congrégation en congrégation, afin de faire ensuite un rapport aux responsables de la Watchtower, la société des Témoins de Jéhovah. Héberger un frère de cette qualité est un privilège. En général, seules des familles réputées pour la qualité de leur foi y ont droit. Comme celle de Jean-Christophe.

La mère et le frère de Bruno sortent de la salle.

Il hèle Jean-Christophe.

— Comment tu vas ?

Le regard absinthe de Jean-Christophe semble glacé. Peut-être à cause de la lumière froide et blanche du réverbère voisin.

— T'es bête ou quoi ? dit-il.

— Pourquoi tu dis ça ?

Jean-Christophe jette un regard alentour puis murmure d'un ton agressif :

— T'as pas entendu ce qu'a dit Da Silva tout à l'heure ?

— A propos des films ?

— A ton avis ? Dans la congrégation, qui est connu pour en mater sans arrêt ?

— Ben… toi.

— Ouais, moi. Et tout le monde sait aussi que frère Da Silva habite chez moi depuis une semaine. Les frères sont pas débiles, ils ont compris que tout ce qu'a dit Da Silva sur le ciné a un rapport avec moi. T'imagines la honte pour mes parents ?

— Écoute...

— Y'a pas d'« écoute », Bruno. Je t'ai dit il y a deux semaines que Da Silva allait venir chez moi. Et toi tu te ramènes avec Robocop.

— J'ai pas pensé... Et puis tu l'as quand même récupéré, ce sac...

— Pour rendre la cassette au vidéo-club. Je te rappelle que c'est sur mon compte que tu l'as loué, ce film.

— Je pensais que ça te ferait plaisir qu'on le revoie ensemble...

— Ça m'a fait super plaisir. Super plaisir de me faire reprendre par Da Silva devant mes parents. De voir mes parents se faire reprendre par Da Silva. Super plaisir de voir les deux tiers de la salle me mater tout à l'heure.

— Ecoute, je sais pas quoi te dire…

— Maintenant mon père veut plus que je traîne avec toi.

Bruno en a le souffle coupé.

— Tu rigoles ? Qu'est-ce que j'ai fait de mal ?

Silence gêné de Jean-Christophe. Il baisse les yeux, les relève vers Bruno, mais non, son regard fuit, tape à côté.

— Dis-moi, qu'est-ce que j'ai fait de mal ? répète Bruno.

« Cccchhhttt » fait Jean-Christophe en jetant alentour un regard gêné.

Il ajoute en baissant le ton :

— J'ai dû dire à mon père que c'est toi...

— Moi quoi ?

— ... qui as loué la cassette...

— Et alors ? Toutes les fois où il t'a vu en louer, toi... c'est pas possible... je vais lui parler...

Le cœur battant, Bruno s'apprête à retourner dans la salle. Jean-Christophe l'agrippe par le bras.

— Attends. C'est pas ça le problème.

— C'est quoi ?

Frère et sœur Martin, un couple de sexagénaires, passent près d'eux en leur adressant un regard appuyé. Jean-Christophe hésite, embarrassé. On sent bien qu'il n'a pas envie de répondre.

— Soit tu me le dis, chuchote Bruno, soit je vais voir ton père pour lui demander.

— Fais pas ça.

— Alors dis-moi !

Soupir de Jean-Christophe. Puis, comme contraint :

« Après s'être fait reprendre par Da Silva, mon père est venu dans ma chambre, rouge comme une tomate. J'ai cru qu'il allait m'en mettre une. Il m'a dit : "sors-moi toutes tes cassettes du placard". Je les ai sorties. Il s'est assis sur mon lit. Il a lu les jaquettes, et puis celles qui n'ont pas de jaquettes, il les a mises l'une après l'autre dans le magnétoscope et il a regardé des extraits en faisant avance rapide. Il y avait des films un peu... enfin tu sais, quoi. Zombie. Poltergeist, Evil Dead et compagnie... Il a fait deux piles sur le lit, une pour les films acceptables, une autre pour ceux qui ne l'étaient pas. Pas besoin de te dire laquelle était la plus grande… Ça a duré au moins deux heures. Je savais plus où me mettre. Il m'a demandé, "c'est à toi tout ça ? " Si je disais oui, j'étais bon pour voir tout partir à la poubelle, alors… »

— Alors quoi ?

— Je sais pas comment te dire... en fait, je lui ai dit que ceux de la grande pile, c'est tes films. Que tu me les as passés.

Bruno voit le coyote de *Bip-Bip* tomber dans le précipice de la Vallée de la Mort. Le coyote, c'est lui.

— Pourquoi t'as fait ça ?

— J'étais... obligé.

— Mais je vais me baptiser dans deux mois ! Qu'est-ce qu'on va penser de moi, maintenant ?

— T'inquiète pas. J'ai dit à mon père et à Da Silva que ça fait longtemps que tu me les as passés, au moins deux ans. Que ton beau-père est pas dans la Vérité, qu'il t'a fait voir des trucs pas convenables à la télé quand t'étais petit, et qu'à cause de ça tu te rendais pas compte de ce qui était chrétien ou pas, mais que depuis tu as changé et que tu vas être un très bon frère.

— Tu te fous de moi, là ?

Mais Bruno voit bien que Jean-Christophe n'a pas la tête de quelqu'un qui plaisante. Le regard de son ami oblique vers l'entrée de la salle, vers André, son père, un homme de petite taille au visage de fouine, tout en costume gris trois pièces, qui est apparu sur le trottoir un petit sac à dos noir à la main. André toise Bruno et lâche le sac d'un coup, comme s'il était rempli de merde de chien.

— Prends-le et cache-le chez toi, murmure Jean-Christophe d'un air timoré tout en s'éloignant. Je le récupèrerai plus tard. OK ?

Bruno les regarde partir côte à côte, père et fils, même taille, même costume gris, même démarche. Hébété, son regard tombe sur le sac à dos que les jambes des frères contournent en sortant de la salle, comme s'ils pressentaient la saleté de son contenu. Dans un certain sens, il comprend. Jean-Christophe est né chez les Témoins de Jéhovah. Il ne connaît qu'eux. Avouer à ses parents qu'il regarde des films indignes d'un chrétien, ce serait perdre non seulement leur confiance, mais aussi celle de la congrégation tout entière. En avouant, Jean-Christophe remettrait en question les bases mêmes de son existence.

Bruno comprend.

Mais il se demande aussi s'il n'est pas en train de perdre un ami.

3 – **Pale shelter** (Tears for Fears)

Bruno a mis un peu plus d'une demi-heure pour rentrer à la maison, rue Juge, dans un deux-pièces situé au sixième étage d'un immeuble fatigué, pas loin du métro Motte-Picquet. Il enterre le sac à dos bourré de VHS – le corps du délit – sous son lit, tout au fond contre le mur, en se demandant encore comment Jean-Christophe a pu lui faire un coup pareil, et s'il en aurait été capable avant, du temps de leur étroite complicité. Que s'est-il passé ? Il n'est plus assez chrétien pour lui ? Plus assez intéressant ? Trop laid en regard de ses nouveaux amis *cools* ? Il observe son reflet dans la glace de l'armoire. Il n'y voit que ses oreilles décollées. Il a entendu des plaisanteries à ce sujet, en classe, et Philippe, son beau-père, s'en est parfois moqué. *Le gros* – il l'appelle ainsi parce qu'il a pris du poids vers l'âge de neuf ans, depuis il a maigri mais le surnom est resté – *le gros, avec des esgourdes pareilles tu risques pas de devenir sourd...* rires. Bruno a déjà essayé de les coller avec du scotch ou de la glue, mais le scotch ne tient pas et la glue laisse une traînée blanche et collante trop visible. Alors il a fini par renoncer, mais il est souvent mal dans sa peau quand il sort de chez lui pour aller au collège, pour assister aux réunions, pour acheter le pain.

Il se plaque les oreilles contre la tête.

Ça change tout.

A deux oreilles près.

Il est à table avec Veronica et Stéphane, devant les spaghettis bolognaise-récompense.

— Tu comptes aller voir Madjid mardi soir ? lui demande sa mère.

— Plutôt mercredi, répond-il avec un sentiment d'appréhension.

— Moi j'irai le week-end prochain, dit-elle. En semaine avec les petits, je suis trop crevée.

Arrivée de Philippe :

— Ça lui a pas beaucoup réussi d'aller chez vot'Jéhovah, à Madjid.

Il est entré dans la salle à manger pipe au bec, façon Brassens. Mince, bien apprêté, il a le cheveu rare et le regard bleu délavé. Visiblement, il a oublié la promesse qu'il a fait à sa femme de ne plus fumer. Mais il évite *La Buvette*, le bistrot du coin, depuis cinq ou six jours et Veronica lui en est immensément reconnaissante.

— Ça n'a rien à voir, lui répond-elle.

— C'est toi qui l'dit.

Philippe est manutentionnaire à la Samaritaine. Semaine de promotions oblige, il s'est « cogné la nocturne » comme il aime à le dire. Il est le mari de Veronica depuis neuf ans. Auprès d'elle, il a remplacé Michel Granotier, père de Bruno et steward trop féru de voyages pour se satisfaire des joies sereines de la vie sédentaire. Philippe ne veut pas entendre parler de Jéhovah. Même avec toute l'imagination du monde, il ne se voit pas arrêter la clope et l'alcool pour s'affubler d'une cravate et citer la Bible d'un air pénétré. Lui, comme il le dit parfois en gloussant tout content de reprendre à son compte un sketch de Coluche, il serait plutôt du genre Témoin de Gévéor. Mais l'idée de voir le rejeton de sa femme acquérir une éducation religieuse ne lui déplaît pas. Plus le môme grandit, plus il devient réservé et fantasque. Comment il finira si on le réveille pas ? « Ça pourra que leur faire du bien », a-t-il répondu à sa femme le jour où elle lui a annoncé qu'elle emmenait les enfants aux réunions des Témoins.

Il s'approche de Veronica en tirant une bouffée, pose sa pipe sur le cendrier de la commode. L'âcre odeur du tabac envahit la pièce. Il prend place au bout de la table avec un grognement de satisfaction, puis il se met à manger dans un concert de bruits de succion et de déglutition. Il pose sa fourchette, cherche quelque chose sur la table.

— Où est la moutarde ?

Agacée, Veronica répond :

— On l'a oubliée. Je vais la chercher...

— Laisse ! intime-t-il en levant brusquement la main.

Il tourne la tête vers son fils, puis vers Bruno qui ingurgitent leur crème dessert sans un mot. Il attend quelques secondes pesantes, avant de déclarer :

« Non seulement vous êtes pas foutus de dresser une table correctement, mais en plus, ça vous étoufferait la gueule de lever vos culs pour aller chercher un pot de moutarde. »

Bruno fait mine de se lever.

« Tu bouges pas ! » beugle Philippe.

Il recule sa chaise comme si elle pesait deux tonnes en faisant crisser les pieds sur le carrelage, se lève lentement, va dans la cuisine à pas lourds, on l'entend ouvrir le frigo, le refermer, il revient, mutique, solennel, tenant le pot de moutarde dans la main droite, se plante devant eux et brandit l'objet en prenant des airs de commissaire-priseur. Soudain, il l'abat sur la table avec bruit. Bruno et Stéphane sursautent en même temps que leurs assiettes. Il les dévisage tour à tour pour vérifier que sa prestation a fait son petit effet puis se rassoit. Du bout du couteau, il pose une noisette de moutarde sur le bord de son assiette, reprend sa fourchette et l'entortille dans ses spaghettis d'un geste étudié.

Après un silence tendu, Veronica finit par quitter la table. Elle allume la télé. Bruno Masure apparaît pour l'emmener au pays des drames quotidiens et formatés, lointains et aseptisés.

Dans sa chambre, Bruno se retrouve face à son cahier de textes ouvert. Le poster d'un dessin du Joker de *Batman* affiché au-dessus de son bureau semble le narguer : « alors vilain garçon, t'as pas fait tes devoirs ? Tu vas avoir une grooosse fessée. » Il s'est débarrassé des maths juste avant de partir à la réunion. Il a noté le numéro de l'exercice sur une feuille volante et il a ajouté au-dessous à la va-vite *n'a pas compris*, sans s'être donné la peine de lire un énoncé dont le contenu lui aurait de toute façon, il en est convaincu, complètement échappé. Le devoir de français l'intéresse beaucoup plus : *citez trois de vos livres préférés et trois livres que vous n'aimez pas. Expliquez pourquoi les uns vous ont plu et pas les autres.* Vaste programme.

Il adore *Le Seigneur des Anneaux*, bien sûr. Il l'a déjà lu deux fois et va le relire bientôt. S'il y a une raison pour laquelle il a appris à lire, c'est clairement ce livre-là. Il pourrait en parler pendant des heures, noircir l'une après l'autre les feuilles sans se fatiguer. Et puis il y a d'autres romans, *l'Iliade* d'Homère, *les Trois Mousque-*

taires de Dumas ou *Quo Vadis* d'un type au nom imprononçable.

Pour la liste de ses livres préférés, pas de problème. Mais les autres ?

Stéphane a enfilé son pyjama.

— T'en as pour longtemps ? demande-t-il.

— T'as qu'à te tourner contre le mur si t'es pas content.

Stéphane fait son petit soupir impatient.

Bruno a lu peu de romans ennuyeux jusqu'au bout. Pour lui, tout est dit au troisième ou au quatrième chapitre. Si à ce stade il n'accroche pas, il referme le livre, l'abandonne sur un coin de son bureau ou le perd dans les étagères de sa bibliothèque.

Il pense au roman de Jules Verne, *De la terre à la lune*.

Il se rappelle ce samedi matin pendant lequel Philippe et lui sont allés faire des courses à l'ED Discount du Boulevard de Grenelle. En passant devant une librairie, Philippe aperçoit *De la terre à la lune*, entre un *Pif Gadget* et un livre de psychologie sur l'éducation des enfants. Une édition récente, collection Folio Junior. « Tiens ? dit Philippe, "De la terre à la lune"... il est super, ce bouquin, je l'ai lu quand j'étais môme. Reste là, je reviens. » Il entre. Bientôt, le libraire saisit ce qui semble être le dernier exemplaire en vitrine. Bruno croise son regard, et l'autre lui fait un sourire complice, comme pour lui dire « bienvenue au club ».

Un club dans lequel il n'entrera sans doute jamais.

Philippe sort de la librairie et lui offre le livre.

« C'est pour toi, le gros. Lis-le. C'est pour ta culture... »

Le soir même, il lit les premiers chapitres et réalise qu'il n'est pas intéressé. Il aime la science-fiction, pourtant. Il a déjà lu et apprécié H. G. Wells ou Barjavel. Peut-être que c'est l'histoire qui pose problème, peut-être que c'est l'écriture. Il ne sait pas, en tout cas, il n'accroche pas. Plus tard – c'est-à-dire il y a quelques semaines – Philippe revient des quais de Seine avec une édition Hetzel de *De la terre à la lune*, un pavé rouge et or aux airs de petit coffre au trésor. Il montre sa nouvelle acquisition à Bruno, qui lui dit avoir aperçu quelques photocopies de gravures estampillées Hetzel affichées sur les murs du CDI, au collège, et qui représentent des scènes clé des « Voyages extraordinaires » de Jules Verne. Philippe apprécie l'anecdote puis lui demande où il en est dans sa lecture. Bruno ne se résout pas à lui dire ce qu'il en pense. Désappointé, Philippe l'encourage à s'y remettre. Deux soirs après, il entre dans la chambre de Bruno en charriant avec lui des effluves d'alcool et de tabac, et, la démarche hésitante, les yeux plus inexpressifs que d'habitude, il balbutie que bien sûr, c'est plus facile de lire des histoires à dormir debout avec des nains, ou des BD avec des gros bras, que des vrais livres *qui racontent quelque chose*. Il continue ses borborygmes pendant un moment, puis conclut sa critique avinée par *les mômes connaissent que dalle*. Il s'en retourne dans sa chambre pour s'écrouler sur le lit, ivre-mort.

Bruno réfléchit devant sa page blanche.

Il écrit

« LIVRES QUE JE N'AIME PAS » sur la première ligne. En-dessous, il ajoute :

« De la terre à la lune »

Pour l'explication, il brodera.

Déjà un titre sur sa liste noire.

Quoi d'autre ?

Pourquoi pas le Bled ?

Pas un roman à proprement parler, mais l'énoncé du devoir est suffisamment vague pour se faire plaisir. Et puis, pour une fois qu'il en a la possibilité, il n'a pas envie de laisser passer l'occasion de donner son opinion sur un de ces manuels rébarbatifs qu'on impose aux élèves sans leur demander leur avis. « Bled » ressemble en lui-même à une onomatopée de dégoût, comme « bêrk ». Avec ses règles à connaître par cœur, ses exceptions en gras et son air de dire, entre deux pavés de conjugaisons entassés l'un sur l'autre, *c'est comme ça et c'est pas autrement*, il est foncièrement insupportable. Pire encore, inévitable, car malgré tout le mal qu'on peut en penser, on est censé en maîtriser le contenu sur le bout des doigts si on a la prétention de vouloir s'en passer.

Il écrit « Le Bled » derrière « De la terre à la lune ».

Il lui reste un dernier titre d'ouvrage à trouver.

Stéphane gémit :

— J'suis fatigué, tu dois finir les devoirs avant la réunion normalement. Éteins la lumière ou j'le dis à maman.

— Lâche-moi, j'ai presque fini.

Il suçote le bouchon de son bic, cherche. Sans vraiment réfléchir, histoire d'en finir, il ajoute à la va-vite :

« La Bible »

La Bible.

La Bible.

Comment a-t-il pu écrire ça ?

« La Bible »

Il fixe le mot

« Bible »

S'en approche.

Des lettres noires.

De l'encre.

Des mares d'encre, noires et silencieuses.

Vides.

L'encre ne dit rien, elle n'est que matière. Elle n'a de sens que dans la mesure où on veut bien lui en donner un.

Il recule soudain.

Il a le sentiment d'avoir pensé, donc commis un sacrilège. Comme s'il avait insulté Dieu.

Il a l'impression qu'il va être puni.

Pris d'inquiétude, il ouvre le tiroir de son bureau, attrape un flacon de Tipp-ex en essayant de se persuader que c'était une étourderie, une provocation inconsciente et puérile de sa part. Il fait de sa liste noire un informe pâté blanc, puis glisse la feuille au fond du tiroir qu'il referme. Des fois, on dit des choses sans le faire exprès, la langue fourche. Là c'est sa main qui a fourché. Ça peut arriver.

Ça peut arriver.

Il grimpe sur le lit, se glisse sous la couette en s'efforçant d'oublier son malaise.

Il maudit souvent le fait de devoir partager sa chambre avec son frère alors qu'il est plus âgé que lui. Pourtant parfois, dans le silence de la nuit, quand les ombres hantées de l'enfance reviennent s'allonger sur les murs, il est réconforté par sa présence. Souvent, avant qu'ils ne s'endorment, il improvise pour lui des histoires de chevaliers, d'extra-terrestres et de super-héros. Il puise l'ensemble de son inspiration dans les *Strange* et dans les séries télé comme *San Ku Kaï*, *Galactica* ou *L'homme qui valait trois milliards*. L'originalité et le bon goût sont loin d'être toujours au rendez-vous, mais le dépaysement est garanti. Il adore conclure les épisodes de ses feuilletons nocturnes par des « à suivre » emphatiques et mystérieux, qui laissent le héros suspendu à une corde au-dessus d'un ravin ou paralysé sur la trajectoire d'une balle de revolver. Et plus son frère dit souffrir de ces intolérables suspenses, plus il jubile, bien conscient d'être à ses yeux le Maître des Rêves, parfois même le Maître de la Réalité. Lorsque l'envie lui prend, après les cours ou le week-end, il lui ordonne de ranger leur chambre sans quoi il ne finira pas l'histoire de la veille ou, pire, fera mourir son personnage préféré. Son frère obéit en pestant et en le maudissant.

— Stéphane, dit-il, tu dors ?

— A ton avis ?

— Tu veux que je te raconte une histoire ?

La porte s'ouvre. La silhouette de Philippe avance dans la pénombre.

« Fermez-là et dormez ».

Silence.

— Dis donc, le gros... De la terre à la lune ? J'ai pas payé ce bouquin vingt-cinq balles pour rien, j'espère ?

— Euh... j'avance doucement...

— Ça te plaît, au moins ?

— ... je sais pas trop encore...

Silence.

Philippe :

— L'histoire peut avoir l'air un peu lourde au départ. C'est le début... mais accroche-toi, tu vas voir, ça va devenir intéressant. C'est comme tout, faut s'obstiner un peu.

— T'as raison. Je vais... je vais continuer.

— Je t'ai montré le p'tit cadeau que j'me suis fait ? Le même bouquin que le tien, mais édité chez Hetzel... une maison très réputée...

— Oui, tu me l'as déjà montré.

L'espace d'un instant, il éprouve l'envie de demander à Philippe de lui passer son livre pour en admirer les gravures, afin de trouver peut-être la motivation nécessaire pour continuer sa lecture et ainsi le satisfaire. Mais il connaît son beau-père. Il ne prête pas. Jamais.

« Bon maintenant dormez les mômes. Y'a école demain ».

A une heure du matin, Bruno ne dort toujours pas. Il va dans la cuisine pour prendre un verre d'eau, passe devant la chambre parentale dont la porte est entrebâillée. Surpris, il aperçoit un spectre dans l'obscurité. Vêtu de son pyjama blanc, Philippe lui tourne le dos. Il est planté devant sa bibliothèque, pétrifié comme un de ces mimes qui offrent aux badauds le spectacle de leur immobilité. Il finit par lever la main droite, caresse les ouvrages d'une étagère, effleurant les reliures de gauche à droite, sans s'attarder sur aucune en particulier. Il murmure quelque chose, peut-être une suite de chiffres, puis, lentement, il tourne la tête. Il a perçu la présence de Bruno. Il murmure d'une voix rauque :

— Qu'est-ce que tu veux ?

— Je... juste boire.

— Et ben va boire. Et va te coucher.

Bruno obéit.

Il a l'impression d'avoir surpris son beau-père en train de faire l'amour.

4 – **Take me tonight** (Kim Wilde)

Bruno marche entre des palais inconnus aux formes pyramidales. Au-dessus de lui, des météores dorés traversent le ciel pourpre et scintillant. Il aperçoit la Fille, tout en courbes et en crinière sombre. Elle s'approche. Lui chuchote quelque chose à l'oreille. Une onde de pureté et d'infini l'envahit. Mais, surgissant de nulle part, une patte monstrueuse agrippe la cheville de la Fille et l'entraîne vers le bas, dans un tourbillon noir. La Fille crie. Il court vers elle. La patte emporte la Fille toujours plus bas vers le néant. La Fille hurle, tend la main vers lui. Leurs doigts se touchent. Leurs mains s'empoignent. Le temps suspend leur chute. Hargneuse, sauvage, la patte tire, en vain. Elle finit par lâcher et s'abîme, seule, dans les ténèbres. Il serre la Fille tout contre lui. L'obscurité du néant s'évanouit peu à peu, pour laisser place à l'étendue infinie d'un désert blanc au ciel rosé.

5 – Everybody's got to learn sometimes
(The Korgis)

Bruno s'éveille, submergé par un flot de pensées désagréables qui ont trait au lycée, à ce baptême prochain qui fera de lui un Témoin de Jéhovah, à son ami Madjid coincé à l'hôpital, à l'étude biblique individuelle de ce mercredi qu'il n'a toujours pas préparée. Si Jacques a été mis au courant de l'affaire des cassettes vidéo, son engagement en tant que futur Témoin risque d'être compromis. Et si on lui refuse le baptême, l'humiliation sera sans doute difficile à supporter, pour lui comme pour sa mère. Les frères sauront, se demanderont pourquoi, peut-être que ce n'est pas juste l'histoire des cassettes, peut-être que c'est bien plus grave, peut-être qu'il est question ici de cigarette, de drogue, de sexe, de transfusion sanguine, et leur regard abritera une lueur d'inquiétude et de soupçon.

Tandis qu'il entre dans la douche, il pense au lycée, Bled grandeur nature, *c'est comme ça et c'est pas autrement*, avec les maths où on ne peut jamais remplacer un terme par un autre, l'histoire-géo et ses listes interminables de noms et d'événements à apprendre par cœur, le français et ses analyses de textes administratives... Il y a quelques années, pas si longtemps finalement, il alignait encore ses peluches préférées dans l'étagère supérieure de son placard avant de partir à l'école, se persuadant qu'elles, au moins, passeraient une journée passionnante à regarder toutes sortes de programmes télé dans l'obscurité.

Habillé, il glisse un numéro de *Secret Origins* dans son cartable, un comics d'occasion payé cinq francs chez Boulinier qui lui permettra de souffler un peu pendant la pause. Il enclenche une cassette de mixages dans son walkman et sort. La musique pop lui rend toujours le ciel un peu moins gris. Elle explose de couleurs et d'émotions, *Forever* rime toujours avec *together*. Elle lui chante ce qu'il ne peut pas dire, ce qu'on ne lui dit pas, ce qu'il ne connaît pas, elle lui explique qu'un jour peut-être l'amour le transformera, le sauvera. Et même quand elle semble dire le contraire, même quand ses accents se font tristes voire désespérés, elle raconte la même possibilité.

Une demi-heure plus tard, il est assis salle 302 derrière deux vagues sosies de Johnny Depp et Richard Grieco, un peu rebelles mais pas trop dans leur bomber. Les filles les ont suivis longuement des yeux quand ils sont entrés en classe, notamment les plus jolies qui portent des pulls colorés Naf-Naf ou Kookaï et qui ont gavé leur agenda de photos de Roch Voisine, de Wet Wet Wet et de Milli Vanilli. Il y a aussi les premiers de la classe – pull uni, pantalons en flanelle ou en velours côtelé. Les fans de rock – perfecto ou veste jean, avec sur leur sac US, « AC/DC » ou « Guns & Roses » précisé soigneusement au bic noir ou agrafé en badge. Les déconneurs façon Nuls ou Inconnus – jeans larges et Caterpillars. La plupart ont l'air d'avoir une idée assez précise de ce qu'ils sont, en tout cas c'est l'impression qu'ils donnent. Et puis il y a les autres, pas suffisamment beaux, pas suffisamment rock, pas suffisamment doués, pas suffisamment drôles. Bruno a depuis longtemps rangé sa silhouette dans ce groupe-là, qu'il parvient parfois à éclairer fugacement grâce à un petit exploit, une aide soufflée, une intervention drôle et le plus souvent involontaire. Mais la lumière soudaine des projecteurs est souvent trop aveuglante pour ceux qui n'y sont pas habitués, et ils choisissent fréquemment d'y échapper au plus vite, éprouvant malgré tout un sentiment confus de souffrance et d'amertume, car une part d'eux-mêmes, et ils en ont conscience et c'est ce qui leur fait plus mal encore, se révolte contre leur propre lâcheté.

Monsieur Giovanni referme la porte et pose sa sacoche sur son bureau. Il entreprend de rendre aux élèves les copies du contrôle d'histoire-géo de la semaine précédente. On a un 20. Murmures dans la salle. On se croirait dans *Perry Mason*. Pour un peu, Bruno se lèverait, sentencieux :

« Je vous le confirme, mesdames et messieurs, James Burkinson n'a pas tué la fille de l'adjoint au maire. »

Mais le rôle du marrant est déjà pris.

Quant au vingt, c'est celui de Karine, bien sûr. Karine, belle et réservée, encore plus belle d'être réservée, un peu BCBG avec sa queue de cheval et ses lunettes en monture d'écaille, un peu rock avec son jean et ses santiags. Karine dit « merci » au prof et range sa copie dans son livre de géographie protégé d'un transparent en plastique. Ce transparent en plastique dit tout d'elle. Le sens du

soin, le besoin de sécurité, ce qu'elle a de rassurant, de rassuré. Il révèle son Plan, son Objectif,
son Avenir. Karine sait pourquoi elle est ici. Ce
transparent-là ramène Bruno à ce qu'elle est in-
timement, à ce qu'elle veut profondément, à tout
ce qu'il n'est pas, tout ce qu'il est incapable
d'envisager parce qu'il n'a pas la moindre idée de
qui il est ni de ce qu'il est.

Commentaire rouge vif sur sa copie : « quand
allez-vous vous décider à vous mettre au travail ? » Et toi, mon vieux Giovanni ? Quand vas-
tu te décider à trouver plus original à dire que
« peut mieux faire », « doit travailler plus », ou
« quand allez-vous vous décider à vous mettre au
travail » ? Bruno aimerait trouver le courage de se
lever et de déclamer cette répartie qu'il trouve
assez brillante. Tout le monde en resterait pantois.

Mais le rôle du rebelle est déjà pris.

Sylvain, un des premier-de-la-classe-en-panta-
lon-de-velours-côtelé, se tourne pour lui demander sa note afin de mieux pouvoir annoncer la
sienne, comme au temps du collège. Chaque fois
qu'il lui pose cette question, il grimace en même
temps, ses yeux se plissent, son nez se fronce exa-

gérément et ses lunettes remontent, il a l'air con
(gros mot, Jéhovah t'entend !).

— Combien t'as eu ?

— Neuf.

— Ah. Moi j'ai eu dix-sept.

Le cours commence. Bruno fixe un point invisible sur le front de Giovanni, installe son menton sur son pouce histoire d'avoir l'air attentif. Du coin de l'œil, il surprend Karine faisant de l'œil à Laurent, un fils de docteur, d'avocat ou d'ingénieur qui, disent les filles, ressemble à l'autre abruti de *Quoi de neuf docteur.* Aigreur dans la poitrine. Vertige. Il se sent triste, blessé, et s'en trouve aussitôt stupide. *Ne s'attacher à personne, c'est ça la solution. Dès qu'on commence à avoir des sentiments pour quelqu'un, les problèmes arrivent. Regarde Madjid.*

Madjid, son voisin de palier, son ami, son futur frère dans la foi — *mais maintenant c'est mal barré.* Madjid et ses faux airs de Magnum avec sa moustache fournie et sa mâchoire carrée. Parfois il a eu l'air d'en jouer d'ailleurs, de cette ressemblance, mais c'est sûrement une idée que Bruno se fait, ou peut-être qu'il exagère la similitude, il a tendance à comparer plein de gens avec des acteurs. Sa mère le lui a dit une fois. Non, Madjid ne ressemble pas du tout à Magnum, Magnum est beaucoup plus beau. Mais elle n'a jamais été très physionomiste, sa mère. Madjid. Quarante-deux ans qui ne deviendront peut-être jamais quarante-trois.

Madjid toujours discret, le plus souvent secret. Ce que Bruno savait de lui avant qu'il ne devienne Témoin, il l'avait appris de la bouche de l'autre, de Philippe, qui le croisait souvent à *La Buvette* et le voyait jouer au tiercé. Madjid avait travaillé onze ans dans une usine de fabrication de plastique, puis il s'était trouvé une place de peintre en bâtiment dans une entreprise au nom allemand, la « Société des Peintures Van der Bart » ou quelque chose comme ça. Il était resté longtemps célibataire avant de rencontrer Catherine, une étudiante en psychologie bien plus jeune que lui. Durant cette époque, Bruno les avait souvent croisés dans les escaliers. Les yeux luisants de joie, Madjid lui lançait toujours des « ça va bien jeune homme ? » enjoués. C'est à ces moments-là qu'il ressemblait le plus à Magnum, d'ailleurs, un Magnum au teint bistré, certes, à la coiffure poivre et sel un peu bordélique, au nez moins droit, au menton moins carré, aux yeux différents, noirs, plus petits, mais un Magnum tout de même, qui finissait l'épisode du jour avec la fille, et parfois Bruno y croyait au point de s'attendre à voir débarquer derrière eux le rondouillard Higgins avec ses deux dobermans, ou, en regardant par la fenêtre de l'escalier, à trouver une Ferrari rouge à toit ouvrant garée devant leur immeuble.

Du jour au lendemain, plus de Catherine. Madjid montant seul les escaliers comme un automate, comme entouré d'un nuage sombre. Saluant laconiquement. Un soir dans le local poubelles, Bruno ouvre le couvercle du conteneur pour qu'il puisse y jeter ses ordures. Ça va jeune homme désincarné. Pas spécialement répond Bruno qui n'a pas le moral non plus, notre télé est tombée en panne hier et *Opération Dragon* passe ce soir sur la Cinq. Un sourire éclaire le visage de Madjid, j'aime beaucoup Brice Lee, préviens ta mère et viens le voir à la maison si ti veux (il parle avec cet accent connu qui tend à remplacer les « u » par des « i » et qu'on se doit, pour être fidèle à la réalité, de rapporter phonétiquement au risque de se voir reprocher la caricature). Peut-être est-ce une démarche purement désintéressée ou peut-être a-t-il besoin de penser à autre chose qu'à sa rupture. Quoiqu'il en soit, Bruno ne se le fait pas demander deux fois.

C'est le début d'une série de visites qui se prolonge longtemps après la réparation de la télé. Très vite, encouragé par la gentillesse de son hôte, Bruno ose lui montrer la photo de Magnum dans un Télé 7 jours.

— On t'a jamais dit que tu lui ressembles ?

— Ah non, répond Madjid ravi de la comparaison.

Un samedi après-midi, sur les conseils de Madjid, ils prennent le métro pour Barbès et vont voir un film de sabre chinois, *Le poignard volant*. Après la séance, Madjid soutient face à un Bruno incrédule que les bonds de quinze mètres effectués par les acteurs sont tout ce qu'il y a de plus réels. « Brino, faut que ti comprennes que ci pas di gens comme toi et moi ci mecs-là, ci di ixperts en arts martiaux. »

Parfois le dimanche, ils regardent *Star Trek* ou *Mission Impossible*. Madjid propose des boissons sucrées, demande s'il fait assez bon dans le salon, intercale un coussin entre le dos de son invité et le dossier de son rocking-chair, bref, est aux petits soins pour un Bruno comblé par ces oasis inespérés, un petit dans son verre, un grand dans sa vie.

Un jour, pendant que Madjid fait son tiercé à La Buvette, Bruno entre dans sa chambre. Il fouine dans sa bibliothèque et découvre une collection de petites BD qu'il a déjà aperçues dans les étalages des librairies, des petits formats peuplés d'ersatz de Tarzan et de Davy Crockett, *Rodéo, Akim, Zembla, Cap'tain Swing...* Madjid revient et le surprend la main dans le sac. Mais au lieu de voir rouge, il se contente de dire, raisonnablement surpris : « alors ti aimes lire Akim ? » Et il propose de lui prêter ses numéros préférés.

Un seul détail contrarie Bruno dans le cadre de cette amitié. Madjid lui pose sans cesse la même question : « et l'icole, ça va ? » Bruno répond invariablement qu'il n'y a rien à en dire, Madjid insiste, solennel, l'icole c'est très important, plis tard ti pourras avoir un diplôme, faire autre chose que peintre en bâtiment, grâce à ça ti pourras trouver une fille sirieuse (il utilise souvent cette expression, « une fille sirieuse »), ti pourras avoir une famille et des enfants, etc. Bruno finit par se faire une raison et transforme la question rituelle

en formalité à expédier au plus vite avant d'allumer la télé de son hôte ou d'ouvrir un de ses
Akim, c'est-à-dire en répondant « très bien » ou
« pas mal » quand le besoin de variété se fait
sentir.

Veronica et Philippe ont eu très vite vent de
cette amitié intergénérationnelle et n'y ont rien
trouvé à redire. Souvent, Veronica croise Madjid
sur le palier ou dans les escaliers et elle échange
quelques mots chaleureux avec lui. Elle a décidé
depuis leur première conversation trois ans plus
tôt que c'était une personne de qualité et, bien
qu'il soit musulman et s'adonne au jeu, qu'ils
partagent les mêmes valeurs essentielles de travail, d'hygiène et de courtoisie. Quand il était
encore avec Catherine, elle lui avait même parlé
des réunions des Témoins. Flatté de cet intérêt
tout en le sachant prosélyte, il avait esquivé ses
propositions avec la plus grande politesse. Quant
à Philippe, il considère avec une certaine sympa-
thie ce voisin qui éloigne de lui le rejeton de sa
femme, même si ce n'est que de quelques mètres
derrière le mur du salon.

Un samedi soir, alors que Bruno regarde
Champs-Elysées chez Madjid, ce dernier rentre

l'œil plus vif et l'expression plus relâchée que d'habitude.

— Ça va ? demande Bruno.

— J'suis tombé dans une embiscade, Brino.

— Une embuscade ?

— Li copains di bled. Y sont venus... et y m'ont payé la tournée...

Le reste de la soirée, il danse et chante à tue-tête devant sa télé avec Enrico Macias et Maxime le Forestier, brûle les restes d'un bœuf bourguignon, pique une crise de colère ponctuée de jurons dans sa langue maternelle puis, les larmes aux yeux, se dévoile. Il confie à Bruno qu'il a vu des choses quand il était enfant, des trucs pas jolis pendant la guerre d'Algérie. Il évoque son départ pour la France, la dureté des conditions de travail dans l'usine de fabrication de plastique, les relents toxiques à la longue insupportables, les collègues qui tombent malades les uns après les autres. Il raconte comment tout a fini avec Catherine. En rentrant du boulot, il a trouvé un mot sur la table de la cuisine. Elle était tombée amoureuse d'un prof de psychologie de son université, un certain Guillaume Bailly et elle partait s'installer avec lui. Elle demandait pardon.

— Elle sait pas ce qu'elle perd, dit Bruno.

— Mais moi oui.

Après sa rupture, lorsque Madjid croise Veronica, il la laisse plus volontiers lui parler de ce qu'elle appelle « la Vérité ». Ce qui l'intrigue et peu à peu le séduit, c'est le fait qu'on n'a jamais l'air d'être seul chez les Témoins de Jéhovah. On est toujours souriant et entouré. Et on se mélange, toutes origines, toutes couleurs, sans discrimination. Cela semble revêtir une importance toute particulière pour lui, qui a vraisemblablement souffert de racisme même s'il n'en parle jamais. Il finit par accepter une visite biblique de Veronica et Mireille. Elles savent « toucher son cœur » comme disent les Témoins, c'est-à-dire, dans un premier temps, lui vendre l'humanité qu'il recherche. Un dimanche matin, il les accompagne à une réunion et il est profondément ému par l'accueil chaleureux que frères et sœurs lui témoignent. C'est comme s'il faisait déjà partie de cette belle et grande famille. Quelques six mois plus tard, il se baptise au Nom du Père, du Fils et du Saint-Esprit dans la baignoire de frère

Grandidier devenu entre-temps son précepteur biblique. Il est officiellement devenu Témoin de Jéhovah.

Bruno se revoit trois semaines plus tôt sonner chez son ami, cinq jours d'affilée, sans obtenir la moindre réponse de sa part. Madjid s'est volatilisé. Il se repasse les moments durant lesquels, ces derniers mois, son ami a laissé filtrer des indices de sa détresse, se demande avec angoisse si Madjid, incapable de se remettre de sa rupture avec Catherine, n'a pas fini par commettre l'irréparable. Lorsqu'il s'en inquiète auprès de sa mère, il comprend à son ton trop évasif qu'elle lui cache quelque chose. Il la harcèle tant et si bien qu'elle finit par avouer :

« Il est à l'hôpital Boucicaut, Bruno. C'est grave. Il a fait un malaise chez lui. » Elle fait une longue pause, puis ajoute : « ils ont découvert qu'il a un cancer du cerveau. »

Pendant un instant, il reste interloqué. Il croit à une très mauvaise plaisanterie. Madjid, attraper un truc pareil ? Il le lui aurait dit. Il ne l'aurait pas laissé sonner chez lui pendant presque une semaine sans l'avertir d'un événement aussi grave.

— Comment il a chopé ça ? demande-t-il soupçonneux.

— Le médecin a dit que c'est peut-être à cause d'une substance toxique dans l'usine où il travaillait...

Ça sonne vrai. Terriblement vrai.

Le cancer du cerveau.

— Pourquoi il m'a rien dit ? Pourquoi tu m'en parles que maintenant ?

— Il n'était pas en état de prévenir qui que ce soit, c'est l'hôpital qui a appelé frère Grandidier, ils ont trouvé son numéro sur lui. Et moi, je me suis dit qu'ils s'étaient peut-être trompés, que ça guérirait peut-être vite, que tu pourrais le voir dans de bonnes conditions...

— Il peut en mourir ?

Elle acquiesce. Imperceptiblement, mais elle acquiesce.

Le cancer du cerveau.

Le cancer du cerveau. Une bestiole qui éclot dans votre crâne du jour au lendemain et vous la grignote de l'intérieur en grossissant, peu à peu, comme un Alien. Comment admettre que la tête d'un homme comme Madjid puisse héberger une saloperie pareille ? Une substance toxique dans une usine ? Un peu trop simple, non ?

Et si c'était plus compliqué que ça ?

La trahison de Catherine ?

Oui. La trahison de Catherine.

La trahison de Catherine a provoqué la libération et la diffusion du poison longtemps contenu dans une zone sécurisée du cerveau de Madjid. Sans s'en rendre compte, parce que doté d'un mental et d'une constitution solides, il avait tenu le venin à distance pendant toutes ces années, d'autant plus motivé par son idylle avec la jeune femme. Et soudain les défenses de la zone ont été fracassées par le chagrin d'amour, balayées par le désespoir, submergées par les flots de poison qui, en un raz-de-marée, un tsunami, se sont déversés sur les centaines, les millions de neurones qu'ils ont brutalement imprégnés, nécrosés, détruits.

Catherine aurait voulu le tuer qu'elle n'aurait pas pu faire mieux. Peut-être que tel était son but, d'ailleurs. Peut-être qu'elle avait tout prévu, tout prémédité dès le début. Un peu comme si elle avait attendu qu'il s'endorme sur son rocking-chair, comme si elle s'était approchée de lui dans son dos et lui avait enfoncé l'aiguille d'une seringue dans le crâne en perçant d'un coup impitoyable son cuir chevelu. Oui, cette garce, cette salope, lui avait de sang-froid inoculé ce poison. C'était prévu, c'était organisé. Ensuite, satisfaite, vengée d'on ne sait quoi ou tout simplement désireuse d'être libre comme seule une folle et une salope peut l'être, elle l'avait abandonné là, tétanisé, et elle s'en était vite retournée faire l'amour avec son petit prof, Guillaume Bailly. Peut-être même qu'ils avaient fumé une cigarette après, comme dans les films. Pauvre Madjid. Il avait invité cette inconnue, cette étrangère, dans la demeure chaleureuse, proprette et ordonnée de son âme. En son absence, elle s'y était soulagée de toutes les façons possibles, partout où elle le pouvait, souillant toutes les pièces les unes après les autres. Elle était repartie sans refermer la porte, livrant les lieux puants et ravagés aux quatre vents, laissant sur une table sa dernière provocation, sa dernière insulte ; une demande de pardon écrite dans laquelle elle précisait l'identité de l'homme qui lui ferait désormais l'amour, sans doute pour que son malheureux ex-amant puisse donner un nom à sa douleur. Le cœur de l'homme est traître (Jér. 17 : 9).

Celui de la femme bien plus encore.

En chimie, les TP se font par binômes. Bruno se sait nul, maladroit. Le précipité de son tube à essais ne devient jamais rouge vermillon comme celui des autres. Depuis le début de l'année, il a déjà usé deux de ses camarades qui, las de voir leurs TP prendre l'eau parfois littéralement sont partis tenter leur chance ailleurs. Aujourd'hui heureusement, pas de TP, mais il est seul malgré tout derrière la grande table blanche et carrelée de la salle de physique. Il la hait comme il la craint, d'ailleurs, cette salle blanchâtre et ces tables dures et glacées qui vous donnent l'impression d'attendre dans une morgue un prochain arrivage de cadavres.

Il surprend Karine qui lance une œillade à Laurent. Nouvelle douleur aigüe, stupide, dans sa poitrine. Ses pensées s'assombrissent. Une sonnette d'alarme retentit. *Cancer du cerveau. Ne pas chercher d'amour. Ne pas attendre d'amour.* Vite, trouver une parade, un remède, sous peine de devenir pour la journée l'homme le plus malheureux de l'univers. Il un as dans sa manche.

La Fille. Celle du rêve, qu'il a sauvée de la main monstrueuse qui voulait l'entraîner dans l'abîme, qu'il a embrassée au milieu des dunes.

Elle apparaît sur la chaise voisine, sa longue chevelure noire bien coiffée. Un pull angora blanc épouse sa silhouette sinueuse. Elle porte un jean et des santiags. Elle le regarde et elle sourit. Ses yeux sont grands, noirs et veloutés. Elle lui fait du pied sous la table. « Arrête » lui ordonne-t-il grâce à la Conscience Cosmique, mais il ne peut s'empêcher de sentir une douce chaleur gonfler sa poitrine tandis qu'elle continue à caresser son pied du sien. Elle est si belle. Elle ne veut que lui.

Dans un autre espace-temps, une voix monotone murmure, des dizaines de mains griffonnent, Karine et Laurent ont cessé d'exister.

6 – **Secret** (OMD)

Ce mercredi midi, un soleil franc plaque l'ombre immense et rectangulaire d'un immeuble voisin sur la façade du lycée. Bruno sort. Toute la matinée, il a passé son temps à solliciter la Fille pour ne pas voir Karine contempler Laurent. Le fond d'amertume qui lui étreint les côtes donne à sa salive un goût métallique. Le procédé n'est pas encore au point. La Fille n'est pas assez réelle encore. La réalité est toujours la plus forte. Il doit trouver un moyen de renverser définitivement le rapport de forces.

Il accélère sa marche en longeant la clôture du parc de la rue du Commerce. C'est maintenant qu'il faut aller voir Madjid, car Jacques vient à la maison tout à l'heure pour lui faire l'étude. L'hôpital n'est pas très loin, une quinzaine de minutes à pied en prenant par la rue de Lourmel puis l'avenue Emile Zola. Il se met à craindre de ne pas savoir quoi dire à son ami. Peur de commettre une gaffe, de le faire souffrir. Pourtant il doit absolument aller le voir. Catherine l'a trahi.

Lui, il ne doit pas lui faire faux bond. Un jour, sa mère lui a dit : « un homme sait vraiment qui sont ses amis quand il se retrouve à l'hôpital ou en prison. »

Au moment où il traverse la rue, une ambulance le frôle en hurlant. Comme un mauvais présage. Il la suit des yeux jusqu'à ce qu'elle disparaisse à un carrefour. Il part dans la même direction. Dans le hall de l'hôpital, la réceptionniste le dévisage. C'est une jolie jeune femme aux cheveux blonds courts et au regard clair. Il manque de se démasquer d'un formel « bonjour, je suis Bruno Granotier » mais ment de justesse sous le coup d'une heureuse impulsion :

« Je suis le neveu de Madjid Bencharif. Je viens pour le voir... »

Elle consulte son ordinateur pendant que le cœur de Bruno s'emballe. Des diapositives des protagonistes de *Mission Impossible* se succèdent dans son esprit, musique diffuse du générique à l'avenant.

« Chambre deux cent cinquante-quatre, deuxième étage »

« Merci ! »

Fin en apothéose du générique. Il quitte la réception en se demandant s'il ressemble au fils qu'aurait pu avoir Magnum.

L'ascenseur s'ouvre, vaste, métallique. Un vrai monte-charge de supermarché. Il arrive au deux-ième étage, traverse un couloir jalonné de lits à roulettes, trouve la bonne porte et frappe. Une toux grasse lui répond, il ouvre. Légère odeur d'éther. Madjid est étendu sur le flanc, face à lui, dans le lit du fond. Il est branché à un cathéter. Il n'a plus de cheveux, ni de moustache. Est-elle tombée à cause de la chimiothérapie ou l'a-t-il rasée par souci incongru de symétrie ? Il est amai-gri, sa peau a un peu jauni. Il n'a pas l'air de s'être aperçu de son arrivée. Il semble fixer son voisin, un vieil homme étique qui fixe le plafond les yeux mi-clos et la bouche entrouverte. Bruno referme la porte et s'avance avec une allure d'autant plus empruntée qu'il la ressent ainsi. Il considère un instant une Bible ouverte sur une table de chevet près de Madjid. Il ne sait quoi faire de ses mains, alors il les enfonce dans les poches de son panta-lon en travaillant à se composer une expression sereine, confiante. Mais il se voit faire et son ma-laise grandit.

« Salut, Madjid… ».

Les pupilles noisette de son ami remontent vers lui. Les yeux jaugent. Bruno cherche en vain quelques mots d'ameublement. Madjid décolle l'une de l'autre ses lèvres trop fines et dit d'un ton pâteux :

— T'as des zigomars ?

— Des... zigomars ?

— T'en as toujours...

Bruno fait signe que non. Il ne sait même pas ce que c'est, des zigomars. Derrière lui le vieux tousse et crache. Madjid a un regard d'enfant trop vieux.

— C'est pas grave…

— J'y penserai la prochaine fois...

Une petite infirmière potelée et joviale entre, s'affaire autour du vieux, dit d'une voix de petite fille « ça va aller, monsieur Vasselin, ca va aller » tout en lui changeant ses draps. Quelle sorte de satisfaction peut-on ressentir à piquer tous les jours des bras constellés de taches de vieillesse, à ramasser des poches d'urine et à torcher des culs flasques et ridés ? Bruno se promet de ne jamais s'abaisser à faire un boulot pareil. Puis il regarde Madjid. Serait-il capable d'accomplir tous ces gestes, au moins pour lui ?

— T'as pas trop mal, Madjid ?

Madjid a fermé les yeux. Il les rouvre.

— Si. À la tête... mal à la tête... en plisse, y m'ont fait une piquire dedans, ces cons-là...

Bruno réprime à grand-peine un éclat de rire nerveux. Il y parvient en partie grâce à la surprise ressentie à l'entente du mot « cons ». Dans son état normal, Madjid ne parlerait pas ainsi.

— ... et j'peux pas bouger mon bras.

— Tu peux pas bouger ton bras ? Lequel ?

— Droit.

Madjid lève le bras gauche, celui qui est libre.

— Là je peux, on dirait.

Une aigreur renaît dans l'estomac de Bruno. A moins que ce ne soit dans sa poitrine. Il a envie d'être ailleurs, partout ailleurs.

— J'ai quèqu'chose pour toi, dit Madjid.

— Quelque chose ?

— Dans l'armoire.

Bruno suppose qu'il parle du placard blanc face au lit. Il va l'ouvrir. Une veste de velours marron foncé et deux pantalons à pinces noirs sont accrochés à la penderie.

« En bas » dit Madjid.

Bruno inspecte l'étagère du bas et aperçoit un grand paquet cadeau bleu ciel. Il le prend, l'examine, retourne auprès de Madjid.

— T'es sûr que... ?

— Ouvre.

Madjid a l'air sûr de lui. Intrigué, Bruno déchire le papier, qui recouvre une boîte en carton beige nantie d'une fenêtre en plastique, derrière laquelle apparaît une panoplie de Zorro, avec le chapeau, le masque, la cape, l'épée et le fouet.

Le poison a déjà fait du dégât.

— C'est super ! surjoue Bruno en s'efforçant de ne pas penser à la crispation de son sourire, à l'aigreur qui a envahi ses entrailles. Mais fallait pas, Madjid…

En d'autres circonstances et s'il avait eu trois ou quatre ans de moins, il l'aurait adorée, cette panoplie. Tout en belle feutrine, et, garantie de qualité, pas de Z inscrit sur le chapeau, ce Z idiot des déguisements de bazar qui vous explique qu'il s'agit bien d'une panoplie de Zorro au cas où vous pensiez que c'était celle de Robin des Bois. Bruno s'en veut d'autant plus de ne pas apprécier le cadeau de Madjid à sa juste valeur. Peu de gens lui en ont offert jusqu'ici, d'autant que les Témoins ne célèbrent ni les fêtes de Noël ni les anniversaires. Alors, pour compenser son manque d'enthousiasme, décidé à supporter le poids de la tristesse de ce moment, il se force à rester une demi-heure de plus au chevet de Madjid, puis il lui fait la promesse de revenir la semaine suivante. Il cale d'un geste exagérément soigneux la boîte de la panoplie sous son bras et salue son ami en le remerciant une dernière fois. Au moment où il referme la porte derrière lui, il entend Madjid :

« Au revoir, Saïd. »

7 – **It's a sin** (Pet Shop Boys)

Bruno reste hanté par la méprise de Madjid. Il ne s'est pas résolu à retourner dans la chambre d'hôpital pour reposer la panoplie dans le placard et lui faire comprendre qu'il n'est pas Saïd. Un neveu ? Un fils ? Peut-être pourra-t-il en savoir plus un jour. A moins qu'il n'en ait pas l'occasion. En attendant, il va étudier *Les jeunes s'interrogent* avec Jacques tout à l'heure, et il se dit que ce soir dans son lit, il fera une prière d'une sincérité totale à Dieu pour Lui demander le rétablissement de son ami. Mais déjà, par anticipation, il craint qu'elle ne soit pas assez intense, cette prière, qu'elle soit parasitée par des instants de vide, de doute, et même (*n'y pense pas*) par des images mauvaises qui lui viennent parfois à l'esprit, des images de femmes nues et de sexe avec elles (*n'y pense pas*), comme si une autre partie de lui, la plus mauvaise, voulait profiter de cet échange intime avec Dieu pour blasphémer, pour L'insulter.

Pour se rassurer, il se remémore cette phrase de Jacques à sa mère, quelques mois plus tôt :

« Tu sais Veronica, ton fils est profondément touché par la Parole de Dieu. »

Mais est-ce toujours vrai ?

Et comment peut-il se poser cette question alors qu'il va se baptiser à Creil dans deux mois ? Devenir officiellement un Témoin de Jéhovah ?

Il ne peut ignorer le fait que, ces derniers temps, il s'est interrogé à de nombreuses reprises sur la nature de son rôle chez les Témoins. Sur la qualité de ses dernières heures d'étude avec Jacques. Il s'est même demandé si toutes ces grandes manœuvres spirituelles n'avaient pas purement et simplement viré en représentation, en numéro de cabotinage semblable à celui avec lequel il avait tapé dans l'œil de Mireille la toute première fois. Le joli récit évocateur, presque tout droit issu du *Recueil d'histoires bibliques*, de ce petit garçon des temps modernes discrètement touché par la grâce, ému par une curiosité soudaine pour le divin, mais désireux de masquer cet attrait par un accès de pudeur naturelle, saine, pure. Christique.

Tu parles. Il ne prépare plus ni l'étude avec Jacques ni les réunions depuis un moment, et il se demande avec appréhension si son précepteur biblique a fini par s'en rendre compte.

Il arrive chez lui, salue sa mère qui, nourrice agréée, s'occupe de trois enfants. Prononce quelques mots au sujet de l'état de Madjid, pose son cartable dans sa chambre, retourne dans la cuisine pour se préparer une tartine de Nutella. On sonne. Jacques. « Faites attention en entrant » l'avertit Veronica.

Jacques mesure près de deux mètres de haut et elle craint toujours de le voir heurter l'arche du plafond qui sépare l'entrée de la salle à manger. Il engloutit la main de Bruno dans la sienne. Ils s'installent dans la chambre, qui n'est à présent plus tout à fait la chambre de Bruno, mais pas tout à fait un sanctuaire non plus. C'est un lieu profane que l'Esprit Saint va habiter pendant une soixantaine de minutes. « Fort bien, Bruno » fait Jacques d'un ton enjoué et un tantinet désuet, « aujourd'hui, on va étudier deux nouveaux chapitres, "La masturbation : est-elle vraiment grave ?" ainsi que "La masturbation, comment la combattre ?" » Le cœur de Bruno se met à battre plus vite.

Derrière Jacques, il croit voir apparaître dans son lit les contours de son double d'il y a trois nuits, un fantôme-sosie concupiscent qui déforme les draps d'un geste interdit. Contrôlant une fébrilité soudaine, il ouvre *Les Jeunes s'interrogent*. Les pages du jour ne sont pas surlignées au marqueur jaune citron comme elles le sont d'habitude. Il n'a même pas daigné colorer des pavés de texte sans lire et au hasard, comme il le fait parfois pour l'étude de la Tour de Garde, et il va devoir se débrouiller pour que Jacques ne s'en aperçoive pas.

Il commence la lecture à voix haute. Comme il n'a rien préparé, il découvre le contenu du texte au fur et à mesure de sa lecture. Chaque fois qu'il prononce le mot « masturbation » — pourquoi, mon dieu, y'en a-t-il autant ? — ses battements de cœur s'emballent, il bégaye, balbutie, tremble des mains, et le fait de sentir son cœur s'emballer, ses mains trembler, de s'entendre bégayer, balbutier, le plonge un peu plus dans l'épouvante d'être mis à nu. Car la masturbation est une pratique impure (Eph. 4:19), et il faut faire « mourir les membres de votre corps pour ce qui est des désirs sexuels » (Col. 3:5), et les relations sexuelles ont été créées par Jéhovah afin que les hommes et les femmes puissent se démontrer leur amour et perpétuer une descendance (Prov. 5:15-19). Jacques reprend la parole, Bruno sa respiration. L'homme a perverti le don sacré que sont les relations sexuelles, il en a fait une chose répugnante, contre nature, pornographie, fornication, masturbation, homosexualité sont des péchés issus de la recherche idolâtre du plaisir, de la déviance, de la maladie mentale. Ni véritable amour, ni démonstration de respect envers le conjoint et la Vie Sacrée. Bruno reprend la lecture, écrase ses doigts blanchis sur les bords du livre. Pour gagner le grand combat contre la masturbation, il faut « bourrer son corps de coups et l'emmener comme esclave », comme le fit l'apôtre Paul (1 Cor. 9:27), toujours penser à des choses chastes et de bon renom (Phil. 4:8), prêcher, enseigner la Bible (1 Cor. 15:58), prier sans cesse, supplier Dieu (Luc 11:13). Heureusement, Jéhovah a aussi offert aux hommes sa Parole Divine. Large est le chemin qui mène à la destruction, mais celui que désigne la Bible conduit à la vie éternelle (Mat 24:14). La Bible, réponse de notre Créateur à tous les hommes de bonne volonté, à tous ceux qui ne supportent plus la décadence de ce système de choses.

Bruno a terminé, rincé, désemparé, persuadé que Jacques l'a percé à jour, lui et ses petites habitudes répugnantes. « Comme tu le sais, dit l'autre qui continue à faire semblant de rien, Jéhovah donne toutes les réponses dans sa Parole. Nous aurons terminé ton étude le mois prochain et dans deux mois tu va te baptiser et faire partie des nôtres. Si à l'avenir une question importante te préoccupe, que ce soit en rapport avec la sexualité ou un autre sujet, prie-Le sincèrement avec tes propres mots et tu verras que tôt ou tard Jéhovah te répondra. Si tu as besoin de moi bien sûr je serai là également. » Bruno s'efforce de lui rendre son sourire, lui demande de patienter un instant, ses oreilles brûlent, le sang lui est monté à la tête, il sort, va dans la salle de bains, le miroir reflète *quelque chose qui n'est pas lui*, une entité étrangère, un gnome égrillard, vicieux et repoussant affublé d'oreilles écarlates et décollées, il se rince le visage, sent une toile d'araignée invisible s'y accrocher, il rince encore, la toile est toujours là.

Lorsqu'il retourne dans la chambre, Jacques lui désigne le livre *Organisés pour faire la volonté de Jéhovah* posé sur son bureau.

— Tu en es où ?

— Il doit me manquer vingt questions à peu près.

Organisés pour faire la volonté de Jéhovah est étudié par tous les candidats au baptême, afin de devenir Témoins. L'ouvrage contient une centaine de questions-réponses portant sur la doctrine biblique, qu'il faut assimiler en vue d'être interrogé par trois anciens, lors de trois sessions distinctes. Jacques se veut rassurant :

« Ça va bien se passer. Frère Grandidier est une crème. Frère Siquilini a la réputation d'être sévère mais en fait c'est quelqu'un de très simple, de très gentil. Quant à moi, je crois que tu me connais... Et puis n'oublie pas que Jéhovah sera avec toi pour t'aider. Il sait que tu es un garçon de grande qualité et il veut que tu fasses partie de son organisation ».

Bruno acquiesce sans conviction. Froncement de sourcils de Jacques.

— Ça va, Bruno ?

— Oui, oui...

Regard appuyé de Jacques. Bruno éprouve un sentiment d'urgence. Saisir le premier prétexte venu pour en finir.

— C'est juste que... j'ai été voir Madjid à l'hôpital tout à l'heure...

— Et comment va-t-il ? Mieux ?

— Pas tellement.

— Ah.

Un temps, Bruno hésite, puis :

— Ce que je ne comprends pas, c'est que quel-qu'un comme lui ait attrapé le cancer et risque de mourir, alors que dans le monde plein de gens pourris, je veux dire mauvais, sont en bonne santé...

Le premier prétexte venu.

— Beaucoup de gens se demandent pourquoi Jéhovah permet le mal, répond Jacques. Question primordiale. Tu connais la réponse, Bruno, on l'a déjà étudiée ensemble...

Bruno approuve machinalement. De nouveau, regard appuyé de Jacques. Ça ressemble à une répétition pour les questions du baptême. Bruno inspire et expire.

— Quand Il nous a créés, explique-t-il, Il nous a donné la possibilité de choisir par nous-même. D'avoir le libre arbitre.

— Exactement. Le li-brar-bitre.

Surtout ne pas penser à un gars vêtu de noir, abandonnant son sifflet au milieu d'un terrain de football pour aller se siffler une bière.

— Adam et Ève avaient deux possibilités, continue Bruno. Obéir ou désobéir. Manger ou ne pas manger le fruit de l'arbre de la connaissance du Bien et du Mal. Ils ont pensé pouvoir s'en sortir sans Dieu, ils ont écouté Satan, mangé le fruit et désobéit. Les conséquences de cet acte sont maintenant visibles. Maladies, famines, guerres...

— Et donc, tous ces maux, qui en est vraiment responsable, Bruno ?

— Satan. Et l'homme. L'homme a rejeté Dieu. Pourtant, dans sa miséricorde, Jéhovah a sacrifié son Fils pour racheter tous nos péchés, et Il nous offre de revenir vers lui. C'est pour cette raison que, malgré le Mal sur terre, le jour du Jugement n'est pas encore venu. Il nous laisse le temps de nous repentir et de le servir, avant l'élimination définitive de Satan et des hommes mauvais.

— C'est une merveilleuse preuve d'amour pour nous, tu ne trouves pas ?

— Oui...

Bruno a effectué sa petite démonstration sans avoir vraiment besoin de réfléchir. Depuis près de cinq ans, il assiste à trois réunions hebdomadaires préparées au préalable (du moins jusqu'à il y a encore quelques semaines), il étudie le mercredi avec Jacques, se rend à la prédication le samedi matin, voire en soirée au cours de la semaine. Pourtant, après ces années d'activité et d'étude intensives, il en est à se dire à ce moment précis que quelque chose cloche définitivement dans cette belle explication de la présence du Mal sur terre.

— La meilleure manière d'utiliser son libre arbitre, dit Jacques, c'est d'avoir Jéhovah et sa Parole constamment à l'esprit. Et pour ça, il faut faire le ménage. Evacuer toute forme de mauvaise pensée. On ne doit se laisser influencer ni par les films, ni par la télé, ni par les livres... car toutes ces choses viennent du Monde. Et qui est actuellement le chef de ce système de choses inique ?

— Satan, répond Bruno le cœur battant, car il a compris où Jacques veut en venir.

Il est tenté un instant de tout révéler. *Evil Dead* ou *Re-animator*, ça n'était pas lui à l'origine, ça a toujours été Jean-Christophe. Mais dire la vérité reviendrait à dénoncer son ami, à jeter l'opprobre sur lui.

— Oui, Satan, dit Jacques. Et tout ce qui est inspiré par lui est forcément néfaste pour nous. Même les choses a priori les plus banales. De façon plus ou moins subtile, Satan cherchera par tous les moyens à te détourner de Jéhovah. (son ton se fait plus confidentiel) A propos de films, justement, Frère Da Silva m'a signalé un petit incident... Je suppose que tu devines de quoi je parle ?

— Oui...

— Bruno, ça ne remet pas en cause ton baptême. D'après ce que j'en sais, tu as prêté ces films à Jean-Christophe quand tu étais plus jeune, moins averti. Par contre, tu sais maintenant que le visionnage de ces films est impropre, et qu'un chrétien digne de ce nom ne devrait même pas en conserver chez lui.

Bruno jette un coup d'œil craintif sous son lit, où il a caché le sac à dos rempli des VHS appartenant à Jean-Christophe.

— Pareil pour le reste, continue Philippe. Ta connaissance de la Bible et ta conscience doivent maintenant te permettre de juger quelle chanson ou quel livre sont inappropriés. Le Seigneur des Anneaux, par exemple, que tu aimes beaucoup...

— C'est mon livre préféré.

Bruno l'a confié à Jacques, la première fois que ce dernier est entré dans sa chambre et a examiné sa bibliothèque. Depuis, il s'en est mordu les doigts.

Jacques fait une moue réprobatrice :

— Certains passages parlent de créatures du mal et d'émergence des forces des ténèbres. Les héros usent d'armes ou de magie pour sauver leur vie, au lieu d'en appeler à Dieu. Comme si on pouvait s'en sortir sans Lui... Franchement, je ne pense pas que ce livre soit approprié pour un chrétien, et j'irai même plus loin, pour moi c'est un livre satanique. Mais c'est à toi de voir si tu dois comme le dit Matthieu chapitre cinq verset vingt-neuf « arracher l'œil qui te précipiterait dans la Géhenne »…

Bruno se tait.

Le Seigneur des Anneaux ? Satanique ? Impossible. Ça parle de la lutte du Bien contre le Mal, exactement comme dans la Bible.

— As-tu lu le tout dernier Réveillez-vous ? demande Jacques.

— Quelques pages...

Réveillez-vous est l'un des deux périodiques édités par les Témoins avec *La Tour de Garde*. Histoire d'appâter le chaland, on y trouve un mélange de reportages et de récits consensuels à la sauce *Reader's Digest* avec des articles de fond doctrinaux. Bruno aime bien parcourir la rubrique « Coup d'œil sur le monde » avec ses infos semblables à des brèves de journal. Les Témoins y commentent à leur façon l'actualité. Dans le numéro de cette semaine, il a lu un paragraphe au sujet du film « 58 minutes pour vivre » avec Bruce Willis. L'article faisait allusion au nombre de morts hallucinant du film, dont plus de cent passagers d'un avion détruit par un acte criminel, et tirait la sonnette d'alarme à propos de la banalisation de la violence dans notre société.

— Tu vois, paraphrase Jacques, un film comme celui-là n'est pas approprié pour un chrétien. Les meurtres de masse ne devraient être des spectacles de divertissement pour personne. Ça revient à mépriser le plus beau cadeau que Jéhovah nous ait fait, la vie. Tu imagines Jésus vivre à notre époque, aller au cinéma, s'acheter un paquet de pop-corn et voir un film où on dézingue les gens à tour de bras ?

— Euh, non...

Bruno repense à Jean-Christophe qui a sans doute eu droit mot pour mot au même sermon, et il se demande qui finira par l'emporter dans le cœur de son ami né dans la Vérité. Jésus-Christ ou Robocop ? Et lui, que doit-il faire ? Jeter *Le Seigneur des Anneaux* à la poubelle pour prouver sa bonne Foi ? Il pressent que toutes ces prescriptions vont à l'encontre de sa nature, mais, dans le même temps, il a honte de se l'avouer, et c'est comme si cette honte-là le ramenait à d'autres, plus profondes, plus inacceptables.

Plus tard, en évoluant au-dehors de la secte, il comprendrait clairement la position des Témoins au sujet de la culture en général. Bien sûr, ils prohibent toute œuvre considérée trop violente ou immorale. Plus insidieusement, une œuvre correcte mais profane — *Les Misérables*, *Citizen Kane* ou *la Cinquième* de Beethoven — est d'usage toléré, mais on n'en parle jamais, parce qu'elle est au fond jugée aussi satanique que l'œuvre franchement immorale. Cependant, *tout* interdire étant impossible — ce serait potentiellement contre-productif — les Témoins choisissent d'interdire « le pire ». Quoiqu'il en soit, en fin de compte, la seule culture valable à leurs yeux reste la leur.

« Fort bien Bruno ! conclue Jacques enthousiaste, encore cinq ou six sessions et on aura terminé ta formation. Et dans deux mois, je devrai t'appeler "frère Granotier" ».

Il lui fait un clin d'œil, se lève et range son livre dans sa sacoche.

« Ah, j'oubliais, dit-il. Je t'ai amené ça. »

Il tend à Bruno une couverture de Bible en cuir marron, gravée d'un « La Bible » en lettres d'or fatigué. Elle a vécu mais gardé un certain cachet.

— Je l'ai depuis que j'ai quinze ans, ajoute Jacques d'une voix teintée d'émotion et de solennité. Elle est à toi, maintenant.

— Oh, ça m'embête. Je voudrais pas...

— Tu m'as dit un jour que tu aimerais bien avoir une belle couverture pour ta Bible. Et ça me fait plaisir. C'est comme... une sorte de passage de relais, tu comprends ?

Bruno acquiesce, gêné. Il se demande s'il la mérite. Si cette couverture va lui être utile longtemps.

« Merci, Jacques. »

Jacques pose sa grande main sur son épaule, lui sourit, puis sort de la chambre et c'est comme si l'Esprit Saint sortait avec lui.

A moins qu'Il n'ait jamais été là, qu'Il n'ait jamais pénétré dans cette pièce, trop corrompue.

Veronica épluche des pommes de terre au-dessus de l'évier. Jacques lui parle de Philippe :

— Ça va mieux avec lui ?

— Je suis plutôt contente, ces derniers jours. Il essaie de faire des efforts, de ralentir sur la boisson.

— C'est ce que m'a dit Mireille.

— Ah bon, Mireille t'en a parlé ?

Jacques rougit.

La congrégation Paris-sud, village dans la ville. Chaque famille y a sa propre réputation, plus ou moins bonne selon l'assiduité de ses membres aux activités spirituelles, mais aussi selon les rumeurs incessantes.

Plus tard, le regard de Bruno va de la Bible posée sur son bureau aux trois tomes du *Seigneur des Anneaux* alignés sur la deuxième étagère de sa bibliothèque. Deux œuvres. Quatre livres qui s'envolent soudain vers le plafond en battant des couvertures, qui se cognent, se collent les uns aux autres et se frottent en un accouplement bruissant et maladroit, se séparent en virevoltant, trois par ici, un là, se précipitent à nouveau les uns sur les autres et, à force de bousculades et d'enchevêtrements passionnés, finissent par s'unir et se confondre en un chef-d'œuvre bâtard, contre-nature, puis, les secondes passant, plus évident, dans lequel Moïse devient Gandalf, Jésus devient Frodon et l'œil monstrueux de Sauron celui de Satan.

8 – **Little 15** (Depeche Mode)

Philippe a bu suffisamment pour afficher son air habituel de transcendance hébétée, mais pas assez pour s'écrouler raide dans sa chambre et laisser tout le monde en paix. Il mâche négligeamment un chewing-gum *Hollywood* qu'il a dû acheter à *La Buvette*. Certains jours, ce sont les tablettes de réglisse *ZAN* qui ont sa préférence. Ce soir, le parfum menthe chlorophylle est censé camoufler les relents alcoolisés de son haleine. C'est beaucoup demander à un chewing-gum, même Hollywood. Parfois, quand Bruno tombe sur une publicité pour cette marque à la télé, avec de jeunes randonneurs assoiffés de vie qui mastiquent leur chewing-gum à belles dents blanches sous des cascades d'eau *Tahiti Douche*, il pense à son beau-père qui passe la porte de l'appartement, l'air bovin, les mandibules en action, puant le tabac, la vinasse ou la bière, la menthe chlorophylle ou la réglisse.

Fraîcheur de vivre.

Veronica sait déjà. A l'odeur donc, et à la façon dont il a ouvert la porte et dont il est entré, sans vouloir se faire remarquer, mais trahi par ses gestes lents, hésitants. Il s'approche de la table en cherchant vainement à donner une contenance à sa démarche. Elle l'ignore, avale une cuillérée de sa soupe de lettres.

« Ça va ? » demande-t-il.

C'est un « ça va ? » polysémique. Qui signifie également « on fait comme d'habitude ? J'ai déconné, tu vas me faire la gueule toute la soirée, ou tu vas piquer une crise, on va s'engueuler, peut-être même en venir aux mains, je vais devoir m'énerver, mais au final, quoiqu'il arrive, je te retrouverai toujours assise à cette table en rentrant, parce que j'aime me bourrer la gueule, et toi, tu aimes te soûler aussi mais d'une autre façon, du vertige de ce petit tango qu'on danse tous les deux depuis neuf ans, tu aimes me détester et m'adorer à la fois, tu aimes cette intensité-là, me mettre plus bas que terre pour me pousser à être grand comme la montagne que tu crois que je suis, vouloir me sauver du vide parce que ça te donne l'impression de remplir le tien. »

Murée dans un silence blessé digne d'une vestale violentée, Veronica se lève, va allumer la télé et s'asseoir dans le canapé. Il la suit des yeux en prenant un air de poète maudit — chacun déroule son petit rôle attitré — puis titube jusqu'à sa chaise, en habille le dossier de son blouson et s'assied. Ses yeux vides se posent sur la marmite de soupe. Sa main s'avance vers la louche, lentement. Il remplit son assiette, lentement. Chacun de ses gestes a l'air de solliciter un effort considérable, comme s'il portait sur les épaules le poids de l'univers. Il pose les mains à plat sur la table comme pour les reposer de leur effort. Le regard planté dans sa soupe, il pourrait donner l'air, pour un visiteur de passage, d'un génie d'envergure mondiale ou d'un idiot du village. Il se penche de côté, lâche un pet long, bruyant, qui effacerait d'un coup brutal les doutes du visiteur. Bruno et son frère raclent leur pot de yaourt en le surveillant du coin de l'œil. Le regard de Philippe remonte de son plat jusqu'à Bruno.

— Qu'est-ce qui y'a ?

— Rien...

Philippe revient sur sa soupe, y reste, y lit peut-être un avenir qui ne lui plaît pas, car il relève la tête, se lève du mieux qu'il peut en repoussant la chaise, part vers sa chambre. Impossible de savoir où commence l'ivresse et où finit la mise en scène. De belles éclaircies prévues demain en Provence-Alpes-Côte d'Azur. Bruno et son frère débarrassent. Peu après, ils voient Philippe dans sa chambre, qui, planté devant sa bibliothèque, se balance lentement d'avant en arrière tout en tenant *De la terre à la lune* ouvert, du plat des mains, comme on compulse un grimoire sacré. Il n'a pas l'air de lire, il a l'air, du fond de son ravissement alcoolique, de contempler.

Bruno brosse ses dents et les grandes lignes de l'histoire qu'il va raconter tout à l'heure à Stéphane. Ils seront deux héros cyborgs chargés de protéger une école envahie par des extra-terrestres qu'on ne peut tuer qu'en brisant leur casque de scaphandre, ce qui met leurs voies respiratoires en contact avec l'oxygène terrien, véritable poison pour eux. Lorsqu'il entre dans sa chambre, Philippe l'attend près de son bureau.

— C'est comme ça qu'tu ranges tes affaires ?

Stéphane est couché. Intrigué, il lève la tête pour les observer.

— Ben... oui, répond Bruno inquiet.

— C'est rangé, ça, pour toi ?

Il désigne les feuilles de cours, livres, publications de Témoins et BD entassés sur le bureau.

— Euh... Non...

Silence glacé.

— Et ta bibliothèque, t'as vu dans quel état elle est ?

Il cherche la petite bête.

« Tu me ranges tout avant d'te coucher. Ou j'te rent' dedans. »

Son odeur de sueur alcoolisée est devenue plus forte, plus âcre. Les mains tremblantes, Bruno s'active et brasse trop de papier.

« Tu crois pas qu'ta mère est déjà assez fatiguée comme ça ? Faut qu't'en rajoutes une couche ? »

Bruno se risque à croiser le regard fixe, stupide, sans vie. Il voudrait hurler que celui des deux qui en rajoute une couche, c'est plutôt celui qui revient à la maison bourré deux soirs sur trois, qui rote et pète au nez des autres, qui aboie, insulte avant de se vautrer dans son lit pour pisser dans ses draps. Mais il se tait. Philippe s'échauffe la bile :

« Tu t'en fous toi, hein ? T'en as rien à battre de foutre ta merde ici ? Et ben t'as tort, parce qu'ici, c'est pas chez toi. Rien n'est à toi ici. Rien ! »

Blessé, Bruno le défie du regard.

« J'te conseille de baisser les yeux. »

Bruno baisse les yeux sur le menton de l'autre, mais pas au sol.

« Baisse les yeux, j'ai dit. »

Bruno serre les poings. Peur et rage le prennent aux tripes. Peur de prendre un coup par surprise sans avoir le temps de se défendre, rage parce qu'il est à la merci d'un minable, d'un salopard qui a l'indécence de vouloir lui apprendre les bonnes manières. Philippe écarte les bras, l'invite d'un ton moqueur :

« T'as envie de frapper on dirait ? Hein, t'en as envie ? Vas-y, frappe ! »

Bruno déglutit.

« Frappe je te dis ! Allez, Bruce Lee, frappe ! »

Mais c'est lui qui frappe. Une gifle cinglante. D'autres coups vont arriver, peut-être plus durs, plus violents. Bruno recule, encaisse un coup sur ses bras levés pour protéger sa tête.

Veronica entre en scène pour l'acte deux, crie à Philippe d'arrêter. Des échanges déjà joués mille fois, des dialogues rebattus s'enchaînent, t'es complètement bourré et tu te venges sur le môme parce que tu sais que je suis pas contente, c'est ce p'tit con qui fout la merde un de ces quatre j'vais le laisser sur le carreau, maintenant tu vas te calmer j'en peux plus de ta violence le taxi t'as pas suffi fais-toi soigner, je me calmerai quand ce p'tit merdeux partira d'ici t'entends et toi m'emmerde pas avec ton fils tu prends toujours sa défense écoute bien écoute-moi bien petit connard la prochaine fois qu'tu me manques de respect j'te défonce t'as compris et si je te laisse pas sur le carreau j'te fous dehors à coups d'pompes dans l'cul t'as bien compris.

Bruno reste prostré, affichant cette passivité totale du vaincu qui peut passer pour de l'insolence. Lorsque Philippe est parti, Veronica conclut par son habituel monologue ponctué de grands coups d'archet, tu sais pourtant bien qu'il faut pas lui répondre quand il a bu, tu crois pas que je suis assez fatiguée comme ça, j'en peux plus moi de vous deux, essaie de faire un effort, range tes affaires à l'avenir, je suis fatiguée fatiguée fatiguée.

Au lit.

Ordure fils de pute enfoncer un couteau de cuisine dans ta panse gonflée de bière venir derrière toi t'attraper par les pieds et te faire basculer par-dessus le balcon ton crâne de poivrot éclaté comme un melon en bas du sang partout sur le béton de la mort-aux-rats dans ton pinard connard ni vu ni connu facile de buter quelqu'un suffit de le vouloir tu tousserais comme l'autre dans Alien tu cracherais du sang tu souffrirais espèce d'enculé maquiller ça en accident comme dans Columbo sauf que moi je me ferais pas prendre pendant ton sommeil d'ivrogne je m'approcherais en faisant des claquettes tiens bourré comme t'es toujours tu m'entendrais même pas arriver je t'enfoncerais le couteau de cuisine dans la gorge il passerait au travers le bout de la lame plein de sang accrocherait un ressort du matelas ça ferait un bruit métallique ou on serait dans la rue je te pousserais contre une voiture qui arriverait à toute vitesse BAM oh mon dieu font les gens autour c'est horrible t'es mort t'es mort et c'est le paradis.

La Fille apparaît sous le drap chaud.

Viens.

Ne te fais pas de souci.

Ne pense à rien d'autre qu'à moi.

Embrasse-moi.

Elle soulève un peu le drap. C'est la fête foraine en-dessous. Ses hanches, des montagnes russes, ses seins, deux grosses meringues rosées, parfumées. Il en effleure les pointes, les embrasse, suce les tétons l'un après l'autre. Frais. Sucrés. Délicieux.

En plein rêve, un tourbillon noir le happe, l'aspire en le faisant tourner en vrille, avec une vitesse telle qu'il ne peut plus respirer. Il essaye de s'échapper. Il lutte de toutes ses forces à contre-vent, jusqu'à effleurer le rideau sombre de ses paupières, mais elles pèsent trois mille tonnes et la force du tourbillon est trop grande. Ses pieds se posent sur la terre ferme. Il est face à l'escalier de service d'un immeuble inconnu, entre deux murs blancs. Tout est baigné d'une lumière immaculée, délétère. L'escalier dégage une aura malsaine. Tout en haut se dresse une porte blanche, banale. Terrifiante, parce qu'il sait qu'elle *simule* sa banalité. Il sait que derrière elle se trouve quelque chose d'intolérable, mais, pauvre imbécile, il pose son pied sur la première marche. Sur la seconde. La porte le subjugue. Il continue de monter, malgré l'angoisse qui enfle dans sa poitrine comme un ballon empoisonné. Il arrive devant la porte. Quelque chose derrière elle lui vole son oxygène. Il suffoque. Il se hurle à lui-même en pensée de ne pas ouvrir. Mais il tourne lentement la poignée et il ouvre, avec le sentiment de commettre l'irréparable. Une lumière aveuglante jaillit, perverse. Au bout de quelques instants, il est en mesure de rouvrir les yeux. Et il la voit : une chose blanchâtre, indéfinissable, deux fois plus haute que lui, qui émerge d'un néant luminescent. Elle s'approche et dégage une telle froideur, un tel manque d'émotion et de vie qu'il en a brusquement la nausée. Il n'est rien à côté d'elle. Son esprit fonctionne mais ses jambes n'obéissent plus. Il comprend qu'il est à sa merci. Il se déchire la gorge d'un hurlement qu'elle rend aussitôt silencieux.

A ce moment, le tourbillon revient et le jette dans sa chambre.

Il est allongé sur la moquette, nu, tétanisé. Il reste ainsi une éternité avant d'oser esquisser un geste. Par la fenêtre, la nuit passe comme un film en accéléré et fait place au jour.

Péniblement, il met pied au sol et se lève. Sentiment d'irréalité. Il se tient debout au milieu de sa chambre devenue blanche de soleil. Il a moins peur, à présent. Une étrange sensation l'envahit, comme une révélation. La découverte d'un pouvoir inexploité. Un don inestimable, dépendant uniquement de sa volonté. Oui... on dirait qu'il peut voler. On dirait qu'il en est capable. Il lui suffit juste de se concentrer.

Il ferme les yeux. Rien. Il recommence... et, lentement, il s'élève au-dessus du sol, comme un astronaute en apesanteur. Incroyable. Tout est donc possible, il suffit de le vouloir. Il faut qu'il prévienne sa mère et Stéphane, ils ne vont pas en revenir ! Tout à l'heure, c'est sûr, il va ouvrir la fenêtre et planer dans la rue, les badauds vont lever la tête en poussant des cris de surprise et en le montrant du doigt. Il frôle la tringle du rideau, redescend, rase le sol. Quelle merveilleuse liberté possèdent donc les oiseaux ! C'est tellement évident, pourquoi est-ce que personne n'y a pensé ? Mais, alors qu'il se concentre pour atterrir sur les pieds, il se précipite soudain vers le mur en face et manque de s'y écraser, avant de remonter brusquement vers le plafond, terrorisé, incapable de contrôler son vol. Il descend vers le lit — *là où je fais des choses pas bien* — remonte encore, évite de peu la lampe du plafond. Il entend un léger murmure, qui augmente pour se transformer en un ricanement odieux, démoniaque. Le Démon. Le Démon se sert de lui comme d'un cerf-volant, le déplace selon sa volonté sans qu'il puisse rien y faire, et son ricanement devient hystérique. Il le fait valser dans la cuisine, tournoyer dans la salle de bains. *Jéhovah, Jéhovah aide-moi je t'en supplie !*

Il est de retour dans son lit, sain et sauf. Mais du dehors retentit alors un terrible bruit de tonnerre, un vacarme assourdissant comme jamais il n'en a connu. Il est maintenant à la fenêtre. A peine l'effleure-t-il qu'elle s'ouvre brusquement sous un vent de tempête qui lui fouette le visage.

Un éclair tonitruant écartèle le ciel nocturne. Là-haut, un énorme sabot déchire les nuages noirs et boursouflés. Un jarret blanc, interminable, s'avance au ralenti, colonne gigantesque de chair osseuse et immaculée. Puis un autre, puis, encore, deux autres, pliés en deux. Cloué au sol par cette vision, Bruno suit la progression du cheval titanesque. Le ciel de nuit s'est mis à rougeoyer. Le cheval hennit en agitant très, très, lentement sa crinière de neige, lève puis abaisse la tête pendant une éternité. De fins éclairs jaillissent en silence de ses yeux laiteux. Le géant qui l'enfourche et dont la tête côtoie le zénith écarlate est effroyable et majestueux, tout vêtu de blanc. Il porte une barbe noire, une couronne d'or est posée sur sa tête et il brandit une épée. C'est le Christ. Un Christ monumental et vengeur chevauchant dans un ciel flamboyant, au jour du Jugement Dernier. L'archange cyclopéen abaisse ses yeux bleu glacé d'une sévérité infinie sur Bruno qui, écrasé par cette incommensurable puissance, se retrouve soudain nu de la tête aux pieds, son sexe pendant misérablement entre ses jambes. Incapable d'articuler le moindre son, il implore pitié en silence, fermant les yeux. Quand il les rouvre, la Mort elle-même a remplacé le Christ sur sa monture.

Son regard d'abîme pétrifie Bruno de terreur. Elle brandit sa faux et un éclair vient fracasser le crâne de celui qui osait l'observer. La douleur est brève et atroce. Bruno sombre dans le désespoir en se sentant devenir un tas de cendres.

9 – A little innocence (Cock Robin)

Le retour à la réalité est progressif, passe par le brouillard piquant de ses yeux, la douche tiédasse, la crépitation discrète de la pluie sur la fenêtre de la cuisine pendant qu'il avale une chicorée... et le remords lancinant. Hier soir, une lutte à la fois intime et cosmique aurait dû se jouer dans son lit, une bataille féroce entre les forces du bien et du mal, qui aurait dû se conclure par une victoire des premières. Mais il a péché. En répondant aux avances de la Fille, en s'adonnant à un plaisir contre nature, il a insulté Jéhovah Dieu et fait gagner Satan. Ainsi il a montré qu'un instant de jouissance est bien plus important à ses yeux que l'approbation de Jéhovah, alors qu'il est sur le point de devenir son Témoin. Méprisable hypocrite. Sale porc. Il sait sa punition, pour l'avoir déjà trop souvent vécue. Honte. Plus aucun intérêt pour quoique ce soit puisqu'il est de toute façon condamné à mourir le jour du Jugement, le jour d'Har-Maguédon. Le plus désespérant est de ne pouvoir retourner en arrière pour changer le cours des choses.

Dans l'autobus qui traverse le Boulevard de Grenelle inondé, il se souvient que sa mère lui a proposé de l'accompagner à la prédication, ce samedi. Comble du cynisme, le futur frère Bruno Granotier va exhorter les gens à aller à la rencontre de Dieu alors que, dans le secret de son intimité, dans la chaleur de ses draps, il Le méprise ouvertement.

Il monte les escaliers du lycée, ombre parmi les ombres, hanté par la vision poisseuse de sa défaite, qu'il revit encore et encore. Il entre en classe. Les autres ont l'air détendu. Ils bavardent, rient, enfouissent leur tête dans leurs bras pour dormir sur les tables. Karine pose sa trousse sur le bureau, et, bien qu'elle ne soit pas Témoin, son beau visage est empreint d'une grâce, d'une pureté, d'une sérénité qui lui sont et lui resteront à jamais inconnues. Oh mon dieu, il aimerait tellement pouvoir la connaître un peu, parler un peu avec elle, qu'elle accepte de partager avec lui quelques miettes de cette grâce, de cette pureté, de cette sérénité. Qu'il se sente, au moins pour un temps, un peu Beau, un peu Bon. Il s'assied. Une phrase de Jacques lui revient en mémoire : *celui qui pèche délibérément n'a pas droit au pardon, car il pèche contre l'Esprit Saint.* Pendant tout le cours, il ressasse cette condamnation. Les autres demandent si le nouveau devoir compte pour la moyenne. Le nouveau devoir compte pour la moyenne... Et le Jour du Jugement, ça compte pour la moyenne ? Ce jour où ils vont tous s'entre-déchirer, envahis par la haine ? Où des météores brûlants vont s'écraser sur eux, sur leur maison et sur leur famille ? Où la terre se dérobera sous leurs pieds pour les plonger dans les ténèbres du Schéol ? Ça comptera, pour la moyenne ?

Et lui, lui, il connaîtra le même sort.

Le malaise guette. La pause arrive, providentielle. Dehors, la pluie a cessé. Il extirpe son comics *Secret Origins* glissé dans son cartable deux jours plus tôt et descend dans la cour au sol trempé, enfumée par les cigarettes. Il s'assied à un endroit isolé, sur le dossier d'un banc près des toilettes. Il n'a aucune envie de s'entendre dire qu'il lit « des histoires de gros bras », comme dit Philippe. Des histoires de gros bras... elle est bien bonne. Superman n'est pas différent d'Achille et de Samson. Batman d'Ulysse, de David face à Goliath lorsqu'il affronte Killer Croc. Pourquoi la mythologie gréco-romaine et la Bible seraient-elles plus respectables que les comics ? Parce qu'elles ont pour elles les siècles et le sacré ? Les siècles, c'est juste du temps qui passe. Le sacré, c'est une question de point de vue.

Secret Origins : the Phantom
Stranger« Footsteps »
Writer : Alan Moore
Art : Joe Orlando

Il comprend un mot anglais sur deux mais les images parlent d'elles-mêmes. Un homme mysté-rieux, encapé et coiffé d'un feutre mou, le Phantom Stranger, erre dans les rues crasseuses d'une ville à la recherche de son identité. Mélan-colique, il se souvient. Autrefois, il fut un ange au service de Dieu. La guerre contre Satan éclata et il hésita à choisir son camp. Alors Dieu, pris de courroux, le punit et le chassa du ciel, tout comme Il en chassa Satan autrefois, ne lui laissant comme souvenir de son séjour céleste que ses ailes angé-liques. Mais, incapable de tolérer l'idée de vivre éternellement parmi les hommes fous, l'ange déchu descendit en Enfer pour demander asile à

Satan. Une fois de plus, il fut cruellement puni de ne pas avoir choisi son camp plus tôt ; Satan, hilare, lui arracha ses ailes comme on rogne celles d'un poulet, puis le condamna à retourner à la surface pour errer sans fin parmi les hommes.

« Tu lis quoi, puceau ? »

Le Phantom et la rue crasseuse s'évanouissent. Bruno est de retour sur le banc, face à Eric et Tony, deux seconde C aux airs de frères dégénérés. Eric lui arrache le comics des mains et considère la couverture en faisant une grimace écœurée.

« "Sicrète Originsse", tu lis l'anglais, toi ? »

Il feuillette rapidement, négligemment, puis plaque la BD sur la poitrine de Bruno avec un sourire goguenard.

« Pfff. Tu f'rais mieux de lire Penthouse, puceau. »

Ils s'éloignent en ricanant.

Karine passe devant lui avec Sandrine, son amie. Elles disent quelque chose à propos d'une piscine, de Laurent-*quoi-de-neuf-docteur* puis gloussent. Il a l'impression d'être condamné sans rémission à jouer les perdants des *teenage movies* et des séries télé adolescentes, et cette pensée déprimante s'ajoute à la culpabilité qu'il traîne depuis ce matin. C'est à cause de ces foutues oreilles, bien sûr. Ces oreilles décollées. S'il avait été Beau, tout serait différent. Il ne serait peut-être pas Bon chez les Témoins, pas Bon à l'école, mais au moins Bon pour les filles. Il aurait confiance en lui. Beau, il plierait et rangerait sa BD de puceau dans sa poche, se lèverait et irait parler à Karine les yeux dans les yeux. Mieux, il claquerait des doigts comme Fonzie dans *Happy Days*.

— Hey, Karine, je me demandais si ça te dirait d'aller au cinéma avec moi, ce samedi soir.

Elle échangerait un regard mi-mesuré mi-excité avec son amie, puis, rougissante, elle murmurerait :

— Oui...

Il y pense encore un peu.

Puis il rouvre la BD à la dernière page et essaie de traduire le courrier des lecteurs.

Vers le milieu de l'après-midi, il est un quasi-fantôme qui hante le cours d'économie. Dessiner vaguement un Batman dans la marge d'une feuille perforée l'aide à ne pas disparaître complètement.

« Vous permettez ? » fait près de lui la voix monocorde de la prof d'éco, petite blonde quadragénaire et neurasthénique.

Il permet. Elle attrape la feuille qu'elle observe d'un air neutre, presque indifférent, puis la tient à bout de bras en la montrant aux autres. « Voyez ce personnage américain, dit-elle d'un ton morne. Les effets de la culture de masse dont je vous parlais s'imposent même dans ce cours. C'est presque symbolique. Ils se substituent à la culture véritable et à la réflexion. » Quelques « ah oui » fayots. Elle repose la feuille.

Bruno se sent insulté.

Lorsqu'elle s'absente pour chercher le cahier d'appel, Guillaume Simon va faire le pitre au tableau sous les encouragements. « Dessine un truc marrant ! » lui lance Olivier Otawara. Mais Simon se dégonfle et retourne à sa place. Il y a un coup à faire, là, une place de numéro un à prendre, même si c'est pour quelques instants. Le cœur de Bruno bat plus fort. Il se lève et grimpe sur l'estrade. « Vas-y, Bruno ! lance Otawara, fais-nous un chef-d'oeuvre ! » Bruno attrape une craie, dessine la première image qui lui passe par la tête. « Une bite ! Ouaaiiis ! » fait Otawara. Rires. « Elle revient ! Referme ! » Fébrile, Bruno rabat le volet du tableau et court vers sa chaise. La prof d'éco revient. Hennissements. « Tiens, pourquoi le tableau est-il refermé ainsi ? » Elle ouvre le volet. Hystérie dans la salle. Un temps interdite, elle finit par effacer le dessin sans mot dire, sous les rires et les gloussements. Regards complices vers Bruno. Sa culpabilité et sa tristesse disparaissent. Là, maintenant, la chaleur de ces regards, c'est tout ce qui compte.

Jusqu'à la fin de l'après-midi, il est demandé partout. Olivier Otawara, qui ne lui a pas adressé la parole depuis le début de l'année (*c'est pas grave*) vient s'asseoir près de lui en cours de français. « Mon père bosse à "Tilt". Le mois prochain il va ramener la nouvelle console Nintendo à la maison. Si ça te dis de la tester… » Sandrine, l'amie de Karine, se retourne vers eux en jouant les agacées : « c'est pas bientôt fini, vous deux ? » Puis, avec un sourire pour Bruno : « alors, on se dévergonde ? »

« Ça va continuer encore longtemps, le bruit de fond ? » s'enquiert la prof de français.

Murmure d'Otawara :

« Une autre qui aurait besoin d'une bonne bite, hein Bruno ? »

Ils pouffent de rire.

A la pause de l'après-midi, Sandrine arrache Bruno à son banc. « Reste pas là, viens un peu avec nous. »

Une dizaine de ses camarades l'attendent en fumant près du grand chêne de la cour. Olivier Otawara, Guillaume Simon, Laurent-*quoi-de-neuf-docteur*... et Karine. Les gars, intarissables sur son action d'éclat, lui donnent de grandes tapes dans le dos en s'esclaffant. Karine lui lance des regards intrigués.

Voilà donc ce que c'est d'avoir un premier rôle.

Voilà ce que c'est d'exister.

10 – **Living a boy's adventure tale** (a-ha)

Bruno arrive au beau milieu d'une conversation entre Veronica et Mireille. Elles se sont installées dans les fauteuils du salon, autour de la table basse où fument deux tasses de café. Un bref instant, il ressent le besoin de leur raconter la merveilleuse après-midi qu'il a passée, avant de se raviser. Il se contente de les saluer, puis il cherche de quoi goûter dans le placard de la cuisine.

— Je ne sais pas ce qu'il a, confie Veronica attristée. Il m'a dit qu'il allait faire des efforts, il a même réussi à arrêter pendant presque une semaine… et là, ça recommence.

Mireille avale une gorgée de café, repose sa tasse et répond de sa voix flûtée :

— Il va changer, c'est une question de temps.

— Hier soir, il s'en est encore pris au gosse. Je ne sais pas quoi faire...

— C'est pas facile. Mais c'est quelqu'un de bon, ça se lit sur son visage.

Tu m'étonnes.

— Il suffit juste qu'on lui tende la main, ajoute Mireille. Qu'on soit là pour l'aider.

— Et moi ? Qui va m'aider, moi ?

— Jéhovah t'aidera, Veronica. Et je t'aiderai aussi. Il a voulu que je te rencontre, ce n'est pas pour t'abandonner maintenant.

Elle s'escrime à lui mettre du baume au cœur, à lui dire que rien n'est perdu, que Jéhovah pourvoira et que les plus beaux jours sont encore à venir. Puis elle les embrasse tous deux en conseillant une dernière fois à Veronica de prier, d'attendre.

Bruno s'assied à son bureau. Comme tous les jours, il se met à appréhender le soir. Il sait que tout dépendra de l'humeur de Philippe, qui peut très bien rentrer le gosier sec mais avec des éclairs dans les yeux parce qu'il est en manque et/ou parce qu'il a passé une mauvaise journée au boulot. Il peut aussi rentrer doux comme un agneau avec un coup dans le nez. Ou, comme hier soir, avec un coup dans le nez et l'envie d'en découdre. On ne connaît jamais d'avance la combinaison gagnante de cette loterie minable et angoissante, usante parce qu'elle est quotidienne, parce qu'elle ne laisse jamais de répit. La cagnotte à décrocher consisterait à pouvoir se passer définitivement de sa présence, mais qui gagne le gros lot ? Trois ou quatre fois par semaine, il s'écroule dans son lit, s'y oublie, mais n'oublie jamais de se réveiller le lendemain matin à six heures trente pétantes, de se lever malgré une gueule de bois carabinée, de se laver, de se raser et de s'habiller pour aller pointer au boulot, qu'il pleuve ou qu'il vente. Bruno ne comprend pas cette façon de vivre. Parfois il en parle avec Stéphane. Il est triste pour lui, après tout, c'est son père. Philippe entretient peu de contact avec son fils. Parfois, il lui caresse la tête, l'appelle « mon gars » et ça ne va pas beaucoup plus loin. Il estime sans doute abattre le plus gros du boulot d'un père de famille, à savoir rapporter de quoi manger, organiser c'est-à-dire commander au doigt et à l'œil tout ce petit monde, et manifester de temps à autres un geste affectueux de rigueur pour sa femme ou son fils. Il consacre à son gosier et ses bouquins le reste de son temps. « Je suis comme je suis, dit-il souvent à Veronica d'un ton sentencieux assez ridicule, faut me prendre comme je suis. » Elle se tait et met Bruno Masure à la télé, de temps en temps elle raille ou elle hurle en cassant un verre ou une assiette, mentionne parfois « le taxi », personnage nébuleux de la plus haute importance dont ils ont toujours refusé d'expliquer à leurs enfants la nature. Une fois, une truite fraîche tout juste sortie de son emballage s'est envolée par la fenêtre. Philippe, lui, insulte, menace, ou, plus passif, va se retrancher dans sa chambre pour écouter du Brassens ou du Brel à plein volume. *Une peau d'vache déguisée en fleur, Madame promène son cul sur les remparts de Varsovie,* etc... Chaque fois qu'ils se disputent, Bruno croit entendre, derrière leurs cris, leurs pleurs et leurs grincements de dents, les rires malsains qui hantent ses cauchemars. Les rires gutturaux du Démon.

Mais à présent, Veronica, calme, regarde la télé, et contemple un filet de chocolat enrober une poire nue sur fond de saxo. Elle se demande peut-être combien de temps encore elle va passer à changer les draps du lit, à dormir dans le canapé du salon et à regarder la télé sans la voir. Elle se revoit peut-être à huit ans, à Valencia avec son père, la main dans la main. Ils se fraient un

chemin parmi les badauds de la Place de la Vierge
pour s'asseoir près de la fontaine aux colombes et
demander l'aumône aux touristes. Avec l'argent,
parfois, il lui achète un Donut ou un *corte*
— un biscuit glacé. Il est *buena gente*, il s'entend
bien avec tout le monde, connaît tous les bons
coins de la ville et surtout les bistrots. Un soir,
dans une chambre d'hôpital, elle le voit se débattre
dans les dernières convulsions hallucinées d'un
delirium tremens. Elle passe le reste de son enfance puis son adolescence dans une de ces écoles
catholiques qui prolifèrent sous Franco, établisse-
ments dirigés par des gens d'église pour bon nombre d'entre eux odieux voire sadiques, avant que
sa mère ne l'en extirpe pour en faire la bonniche
d'une famille dont le père ingénieur fait fortune
dans le chemin de fer. Jusqu'à l'âge de vingt ans,
elle récure consciencieusement les toilettes de son
employeur, tandis que sa mère et son beau-père
— un autre alcoolo — dépensent une bonne part
de son salaire dans les bars à *tapas*. Finalement,
exaspérée par l'égoïsme et la misère crasse de sa
famille, écœurée par les avances que lui fait son
beau-père dans le dos de sa mère, elle émigre en
France pour changer de vie. Elle y rencontre
Michel, homme absent avec qui elle conçoit

Bruno, puis Philippe, avec qui elle a Stéphane. Des fantômes et des alcooliques. Est-ce le seul genre d'hommes auquel elle peut prétendre ? Est-ce Satan qui a jalonné sa vie de rencontres masculines aussi calamiteuses ? Pour-quoi a-t-il fallu qu'elle aime autant Philippe ? Peut-être pense-t-elle aux romans de Zola qu'elle a tous lus, à *l'Assommoir*, à Gervaise. Ou peut-être pas. Certaines histoires ressemblent tant à votre vie que vous ne voyez pas le rapport.

Peut-être se dit-elle tout en appuyant sur le bouton de la télécommande qu'elle a envie de divorcer, là, maintenant. Elle en a parlé une fois à Mireille, qui lui a répondu que ce n'est pas la solution. Il ne faut pas fuir, a dit Mireille, il faut trouver la source des problèmes et l'éliminer. Et puis les Témoins de Jéhovah sont par principe opposés au divorce. Oui, c'est un fait, le mariage implique des sacrifices, ce que beaucoup de gens ont tendance à oublier. Oui, il faut faire des concessions, passer par des moments difficiles, mais il ne faut jamais divorcer. Le divorce est un renoncement égoïste qui bafoue l'instance sacrée du mariage. Alors Veronica tâche de se motiver, de se convaincre qu'elle peut encore espérer quelque chose. Elle a perdu une bonne part de sa naïveté ces dernières années, mais elle ne renonce pas encore à croire en une certaine idée de la famille. Philippe a un bon fond, elle le sait. Mireille l'a dit. Tôt ou tard, il prendra conscience de son égarement. Il reprendra le contrôle du navire et, avec les enfants, ils finiront bien par souquer tous ensemble vers ce bonheur dont elle rêve depuis si longtemps, celui que des millions de français vivent au quotidien et qui s'appelle simplement « une vie normale ». Une vie heureuse au sein d'une famille unie, avec des valeurs saines. Est-ce trop demander ?

Le téléphone sonne, brisant le cours des pensées de Bruno.

Il entend sa mère répondre d'un ton nerveux et affecté, comme souvent lorsqu'elle s'adresse à une figure d'autorité.

Le lycée.

La bite au tableau. La prof a su que c'était lui.

Foutu dessin, qui le ramène à un autre dessin. Un gribouillis tracé l'année dernière, un soir, sur une page de cahier aussitôt arrachée, roulée en boule et jetée à la corbeille. Un couple à gros nez faisant l'amour l'un sur l'autre, avec une frénésie exprimée par leurs cheveux en bataille et des traits de mouvements. Le lendemain, il rentre des cours et sa mère l'attend dans sa chambre, solennelle, un papier froissé à la main. Elle le déplie et le lui montre.

« Tu n'as pas honte, Bruno ? »

Il est paralysé.

« Tu trouves ça bien, de dessiner des trucs pareils ? »

Il lit du mépris dans le regard de sa mère. Et de la peur. Une peur profonde, ancienne. Comme sacrée. Il se sent plus honteux encore.

— Bruno ! lance à présent Veronica depuis le salon.

— Quoi ? dit-il le cœur battant.

— Viens voir.

— Qu'est-ce que tu veux ?

— Viens.

— Je fais mes maths, là.

— Je te dis de venir !

Il lutte contre la gravité. Va dans le salon. Il ose à peine la regarder.

— C'était ton lycée. La conseillère d'éducation.

— Qu'est-ce qu'elle voulait ?

— A ton avis ?

— Je sais pas…

— T'en es sûr ?

Silence.

— Elle m'a dit que tu as fais un dessin obscène sur le tableau, pendant le cours d'économie. Un de tes camarades t'a dénoncé.

— Quoi ? finit-il par dire.

— Tu as dessiné un zizi au tableau.

Un « zizi ». Il a envie d'éclater d'un rire nerveux. Merde. Quel âge croit-elle qu'il a ? Mais il a honte. Et il fulmine, parce qu'un sale enfoiré d'hypocrite a cafté.

— Pourquoi t'as fait ça ?

— Je sais pas...

— La conseillère m'a dit que tu es exclu du lycée pour toute la journée de demain. Elle m'a dit aussi que ce n'est pas bien d'embêter cette femme. Elle a perdu son fils dans un accident, il y a un an. Elle n'a plus que son boulot...

Exclu. Une première pour lui. Comme le début de quelque chose qui ressemble à une déchéance. Que va-t-il devenir ? Il a une pensée pour la prof d'éco. Pendant un instant il se sent coupable, puis il décide de rejeter ce sentiment. Merde ! On veut lui faire porter le chapeau de tous les maux du monde ou quoi ?

— Promets-moi que tu ne feras plus ce genre de choses.

— J'ai dessiné ça comme ça, sans réfléchir...

— Les autres ont bien rigolé, pas vrai ?

— Oui.

— Et après on t'a dénoncé. Ne cherche pas à leur plaire, Bruno. Ne fais pas ce qu'ils veulent que tu fasses. Ils se fichent de toi. Laisse-les aller. Trace ton chemin...

Il ose enfin la regarder. Pas de mépris ni de peur sur son visage.

— Tu vas en parler à Philippe ? demande-t-il.

— Après ce qui s'est passé hier soir ? Il va te tuer... Non, je ne lui dirai rien. Mais ne fais plus ça. Et n'oublie pas, si tu as des ennuis, parle-m'en. Je suis ta mère, je suis de ton côté, tu sais…

Oui tu peux m'aider, a-t-il envie de répondre. *Arrête tout ce cirque et quitte l'autre con définitivement.* Mais il ne dit rien, parce qu'il a déjà dit ce qu'il avait à dire de nombreuses fois par le passé, et ça n'a servi à rien. Elle est assez intelligente pour se rendre compte de la situation et prendre la décision qui s'impose. Si elle ne l'a toujours pas fait, c'est qu'il y a une raison. Et il a compris depuis un moment que quoiqu'il dise ou quoiqu'il fasse, cette raison le dépasse.

Il entend la respiration sonore de Stéphane. Il n'arrive toujours pas à dormir.

La porte s'ouvre. Philippe.

— C'est toi qui as déplacé des livres dans ma bibliothèque ?

— Euh... non...

Philippe ne supporte pas qu'on touche à ses affaires pendant son absence. Un jour, Bruno a emprunté un rouleau de scotch dans le secrétaire de son beau-père pour coller le poster du Joker affiché au-dessus de son bureau. Il a reposé ensuite le scotch à sa place, dans la même position. Philippe est revenu quelques heures après et il a tout de suite compris qu'une de ses sacro-saintes règles avait été enfreinte. Il a fait un scandale en accusant sa femme de fouiner partout pour dénicher des bouteilles cachées, imaginaires ça va de soi.

Philippe sort et referme la porte. Bruno attend un moment dans l'obscurité. Il ferme les yeux. La silhouette nue et cambrée de la Fille apparaît, en partie cachée par des volutes blanches. Satan passe à l'attaque. Penser à autre chose. A Madjid par exemple. A Madjid, surtout. Qu'il faut sauver. Et à Jéhovah. Au regard de Jéhovah et à celui, bleu glacé, du Christ-Roi vengeur. *Je te demande pardon pour mes péchés. Pardonne-moi d'avoir toujours des doutes. De ne plus étudier ta Parole comme je devrais. Aide-moi à traverser toutes ces épreuves. J'ai besoin de Toi, Jéhovah. Aide Madjid. Ne le laisse pas mourir. Si tu le sauves, je ne me toucherai plus. Je ne me masturberai plus. Jamais. Je te servirai jusqu'à la fin de ma vie. Sauve Madjid. C'est mon ami, je ne veux pas le perdre. Aide aussi Philippe à arrêter de boire pour qu'on puisse être heureux tous les quatre, avec maman et Stéphane. Ecoute-moi, s'il te plaît. Ne me laisse pas tout seul, car sans toi je ne saurai pas quoi faire. Amen.*

11 – True faith (New Order)

Samedi matin.

Bruno n'a pas été prêcher la semaine dernière, et, ce mercredi, il a déclaré à Jacques qu'il réparerait ce manquement. Il est fermement disposé à respecter sa parole, conscient que pour voir sa prière d'avant-hier exaucée par Dieu il doit faire la démonstration d'un minimum de bonne volonté. Et puis le porte-à-porte, ce n'est pas à la carte, c'est une obligation. Jésus-Christ a déclaré dans Matthieu chapitre 24 verset 14 : « cette Bonne Nouvelle sera proclamée dans le monde entier, en témoignage à la face de toutes les nations. Et alors viendra la fin. » Ceux qui n'accomplissent pas le devoir de prédication risquent de ne pas passer le jour du Jugement, ce jour « qui vient comme un voleur ».

Il ne se reproche plus autant la faute qu'il a commise la nuit du mercredi (*masturbation, n'y pense plus*). Jeudi soir, il a sincèrement demandé pardon à Dieu et lui a promis de ne plus recommencer s'Il venait au secours de Madjid. Ce n'est pas un chantage, qui peut faire chanter Dieu ? Ça tient plus de l'échange de bons procédés. Le lendemain matin, il s'est éveillé avec la satisfaction rédemptrice d'avoir résisté à la tentation.

Matin venteux dans le sud du quinzième arrondissement. Il sort dans la rue avec sa mère et son frère, descend un peu la fermeture éclair de son blouson pour montrer le haut de sa cravate violette ornée d'un blason évoquant l'Angleterre ou quelque chose dans ce genre. Veronica porte son grand manteau noir, Stéphane le même blouson que lui, on les leur a achetés en même temps au Prisunic. Ils passent entre les stands du marché sous le métro aérien, vont station Motte-Picquet où ils prennent le métro. Changement Pasteur, direction Mairie d'Issy, descente à Vaugirard à neuf heures trente. Des frères attendent en cercle à la sortie, dont Mireille. On se salue en souriant sous le regard indifférent ou intrigué de badauds que Bruno observe en retour. On est là pour faire notre boulot, pas pour faire les intéressants. On vient vous voir pour vous parler de Jéhovah, pour vous sauver. Prêcher la Bonne Nouvelle, c'est pas une partie de plaisir. Il faut se coltiner deux heures de marche et de grimpette dans les rues et les escaliers, essuyer des refus, des portes claquées au nez, parfois des insultes. Et l'hiver, c'est pire. Avec les codes et interphones, on reste devant les portes d'entrée à faire le pied de grue, à grelotter dans le froid, à frotter ses mains engourdies pour faire circuler le sang et pouvoir tenir un stylo, à danser d'un pied sur l'autre pour se réchauffer. On n'est pas payé un quart de centime pour ça, et même on doit dépenser pour venir. Comme vous, on pourrait rester au chaud, tremper un croissant dans un café fumant en feuilletant le journal, faire nos petites affaires du samedi matin, la vaisselle, le ménage, les courses à Leclerc, mais non, on se démène pour vous prévenir de l'imminence de la fin du monde. Pour vous sauver. Tous ces sacrifices pour, le plus souvent, être ignorés, méprisés, chassés comme des pestiférés.

Les brebis égarées dorlotent leur égarement.

La première fois qu'il a sonné à une porte, quand il avait douze ans, il s'est dit fébrile : *faites qu'il n'y ait personne derrière cette porte, que je n'aie pas à m'exprimer sur un sujet que je ne suis pas sûr du tout de maîtriser.* Mais quelqu'un a ouvert. Un gros blond en peignoir neige est apparu sur le seuil, et Bruno a tellement bégayé que frère Gabinard, qui l'accompagnait, a dû prendre le relais.

A présent, il sait comment faire. Il a suffisamment assisté aux réunions du vendredi soir, celles du Ministère. On y donne des cours aux frères pour leur apprendre à parler aux brebis égarées. Se planter devant le judas (sans mauvais jeu de mots) avec le sourire le plus avenant possible. Si on est accompagné par une sœur, la mettre en évidence : les gens, rassurés, ouvriront plus facilement (surtout si la sœur en question est agréable à regarder). Si la brebis égarée n'a pas été effrayée, si elle n'a pas indiqué la sortie de l'immeuble à grands renforts de récriminations voire d'insultes, se présenter en tant que voisin du quartier même si on n'habite pas dans le coin (mensonge pieux qui ne dit pas son nom). Entamer la conversation (si possible sans laisser le temps à l'autre d'en placer une, et, s'il y arrive, le laisser déblatérer avant de reprendre l'argumentation à l'endroit où on l'a laissée). De fil en aiguille, lui faire constater l'état déplorable du quartier, de la ville, du pays, du monde (mœurs, hygiène, sécurité, ce qu'on veut – à personnaliser) et enchaîner avec la solution, en substance : « Dieu va résoudre tous vos problèmes. » A cet instant, on se retrouve face à trois cas de figure : soit la brebis égarée – qui ne l'avait pas fait jusqu'ici – indique la sortie de l'immeuble à grands renforts de récriminations voire d'insultes ; soit, plus timorée, elle disparaît derrière la porte en glapissant une excuse ; soit elle prend un air intrigué. Evidemment, on est bien plus souvent confronté aux deux premières situations qu'à la troisième. Cependant, si on a réussi à éveiller chez la personne visitée un semblant d'intérêt, il faut dégainer sans complexe sa Bible, c'est-à-dire l'extirper de sa sacoche d'un geste fluide et assuré, en lire un passage d'une voix claire, teintée d'une sereine conviction, ni trop monotone ni trop emphatique, puis conclure cette introduction par un commentaire amène sur l'inévitable nécessité d'écouter Dieu et d'étudier sa Parole pour avoir la chance d'échapper à la déliquescence de ce monde. Si on réussit à suivre toutes ces étapes en gardant tout du long un sourire sympathique mais pas niais (compliqué), on peut se considérer prédicateur efficace.

Frère Siquilini organise les binômes de la matinée. La bouche du métro crache Jean-Christophe, ses parents et frère Da Silva, le surveillant de circonscription réunionnais qui est au cinéma ce que Van Helsing est à Dracula. Nouveaux serrements de mains. Le sourire que le père de Jean-Christophe adresse à Bruno quand il le salue a tout de la grimace du furet atteint de constipation. Jean-Christophe, étranglé par sa cravate, a le regard fuyant d'un dealer endimanché à l'occasion de sa conditionnelle. Bruno, s'il s'écoutait, de retour chez lui, attraperait le sac de VHS et le balancerait directement aux ordures.

« Bruno, dit Siquilini, tu es avec frère Da Silva aujourd'hui. »

Da Silva s'approche avec son sourire, sa petite moustache et ses lunettes rondes.

— Bonjour Bruno, dit-il. Je suis heureux de prêcher la Bonne Nouvelle en ta compagnie, ce matin.

— Moi aussi, répond Bruno hypocritement en se lamentant déjà du sermon interminable auquel il va avoir droit à cause des cassettes vidéo.

Il souhaite bon courage à sa mère et sa sœur et part avec le surveillant de circonscription, s'efforçant de ne pas avoir trop l'air d'un mouton mené à l'abattoir. Ils arrivent en face du premier bâtiment de leur territoire. Le code de la porte d'entrée a été inscrit sur la feuille de service par les frères qui les ont précédés la semaine dernière. Le hall sent l'humidité, la peinture des murs est écaillée, les marches en bois des escaliers craquent à leur passage. Ils arrivent au sixième un peu essoufflés. Ils se tiennent dans la pénombre du fond d'un couloir, devant une porte vert forêt. La feuille de service indique que certain habitants de cet étage n'ont jamais eu l'occasion de voir des Témoins.

« Tu peux commencer si tu veux » dit frère Da Silva.

Bruno pense fugacement à un pari. *Si tu arrives à convaincre la personne qui habite ici de venir à la réunion demain, Madjid sera sauvé.*

Oui, et si elle veut pas, quoi ?

Pari stupide. Il sonne.

Le judas passe du blanc au noir. Bruno prend l'air le plus ingénu possible.

« C'est pour quoi ? » fait une voix chevrotante.

Probablement une vieille.

« C'est pour manger », a-t-il envie de répondre au lieu de :

— Bonjour madame, nous sommes des voisins du quartier et nous voudrions parler avec vous quelques instants de la sécurité...

— Ça m'intéresse pas. Vous avez pas le droit d'entrer ici.

— Très bien, au revoir madame. Bonne journée.

Da Silva fait une moue boudeuse. Bruno se sent un peu honteux de ne pas avoir été plus en verve devant lui. Porte suivante. Da Silva sonne. On entend des enfants brailler. Une femme d'origine africaine ouvre. Elle tient un bébé hurlant dans ses bras.

— Bonjour madame ! s'exclame Da Silva d'un ton faussement enjoué. Nous sommes des voisins du quartier en visite pour parler un peu.

— Bonjour monsieur, répond la femme en roulant le « r » de bonjour, excusez-moi un instant... Maimouna !

Une fillette arrive en courant. Sa mère lui confie le bébé.

— Regarde s'il n'a pas fait.

La petite attrape son bruyant petit frère et dis-paraît derrière la porte.

— Je vois que vous avez de beaux enfants, dit Da Silva d'un air préoccupé. Je suis sûr que vous devez vous demander parfois comment les élever dans un monde aussi dur...

— Ne m'en parlez pas, j'en ai un autre, un grand de seize ans, une catastrophe... Toujours en train de traîner dans la rue avec de mauvaises fré-quentations. J'ai tout essayé pour le bloquer à la maison, rien à faire...

— Je comprends. Moi-même j'ai une fille de quinze ans et ce n'est pas facile tous les jours. Entre les pressions qu'on lui fait subir à l'école...

— Excusez-moi... Djibril ! Tu laisses ta soeur tranquille !

— ... cigarette, drogue, violence à l'école, aussi. Vous savez, avec toutes ces histoires de racket, je m'inquiète souvent... Heureusement, je suis bien aidé.

— Par qui ? Par votre femme ?

— Ma femme, entre autres. Et par la Parole de Dieu, la Bible.

— La Bible ? C'est vrai que c'est un beau livre, mais bon... Je vois mal Idriss – Idriss, c'est le plus grand – je le vois mal arrêter de traîner avec ses copains pour lire la Bible dans sa chambre. Et pourtant j'aimerais bien, croyez-moi.

— S'il vous voit la lire vous-même, peut-être qu'il aura envie de faire la même chose. Savez-vous que tous les conseils pour élever votre enfant de la meilleure façon possible sont dans la Bible, madame ?

— Peut-être...

— Sisi ! Je vais vous lire un verset, dans la première épître de Paul à Timothée...

Et il envoie un verset, puis un autre. La femme ne l'interrompt pas, elle se contente d'opiner. Finalement, il lui refourgue une *Tour de Garde*, un *Réveillez-vous*, un tract pour la réunion du dimanche et propose même de les y accompagner, elle, son mari et ses enfants. Il a l'air très content de lui quand elle referme la porte. « J'espère qu'on la verra demain matin. »

D'autres portes. Da Silva s'entretient avec un septuagénaire aux allures de vieux sage qui leur assure qu'ils sont dans l'erreur, que la vérité se

trouve dans la connaissance et la méditation indi-
viduelles. Une jeune femme sèche et pâle accepte
un *Réveillez-vous* à contrecœur. Un petit chauve
agressif leur ordonne de déguerpir.

Vingt minutes plus tard, ils passent devant le
cinéma Gaumont de Convention. Da Silva montre
à Bruno l'affiche du film « Ghost », avec Demi
Moore et Patrick Swayze.

— Tiens, voilà un film à éviter, avec du spiri-
tisme en veux-tu en voilà.

— Ah...

Il fallait bien y passer à un moment donné.

Contre toute attente, Da Silva le gratifie de son
plus beau sourire.

— Jacques m'a dit que tu es un garçon de
valeur. Que tu vas très bientôt te baptiser, et que
tu as le cœur touché par la Vérité.

— Oui…

— J'ai confiance en son jugement.

Ils continuent à marcher. Bruno est à la fois
flatté et mal à l'aise.

Da silva :

— Quand on a le cœur vraiment touché, alors les tentations, petites et grandes, se brisent sur le mur de la Foi. (il ajoute en jaugeant Bruno par-dessus la monture de ses lunettes) Je suppose qu'on a dû te faire part de ma découverte chez Jean-Christophe...

— Oui...

— Tu es un jeune garçon sincère et intelligent, Bruno. Je suis persuadé que les films impropres ne sont plus une tentation pour toi en regard de ta détermination à plaire à Dieu. Je me trompe ?

— Non non...

Nouveau sourire Da Silvien.

— Qui sait ? Peut-être que si tu continues sur cette bonne voie, il y aura plus tard une place pour toi dans l'organisation. Tu aimes lire, paraît-il. Pourquoi pas le Béthel...

Le Béthel, se répète Bruno avec une aversion diffuse. Les orateurs en parlent souvent aux réunions. C'est le centre qui accueille les dirigeants de l'organisation en France, ainsi que le personnel administratif, de traduction et d'imprimerie. C'est l'institution qui vomit sans cesse, jour après jour, la littérature jéhovienne destinée au monde francophone. Les frères qui y travaillent sont nourris, logés et blanchis, reçoivent un très faible revenu mensuel qui se rapproche de la solde d'un militaire appelé, ce qui est peut-être logique vu qu'un « béthélite » est un soldat spirituel et littéraire de Dieu, pas vrai ?

Au Béthel, on n'a que Dieu à la bouche. Là-bas, il faut boire, manger, chier dans le Seigneur.

Pardon. Pardon. Pardon.

— Oui, pourquoi pas, répond-il à Da Silva d'une voix blanche.

— Il n'y a pas d'ambiance plus saine que celle du Béthel. Si tu cherches à consolider ta foi et à t'épanouir, c'est l'endroit approprié. D'ailleurs, la société Watchtower recommande aux jeunes...

La société Watchtower.

La société Watchtower et son siège situé aux Etats-Unis, dans le quartier de Brooklyn à New-York. La société Watchtower, pouvoir exécutif de la théocratie et son petit groupe de vieillards auto-proclamés « oints » par l'Esprit Saint qui prend des décisions aux répercussions parfois immenses sur les vies des Témoins. La société Watchtower qui décrète qu'il n'est pas convenable pour un chrétien de dire des gros mots, de fumer, d'effectuer une transfusion sanguine, de fêter les anniversaires, de chanter l'hymne national, de faire de longues études ou de pratiquer des sports de combat. La société Watchtower, entité somme toute plutôt vague dont on ne perçoit pas l'implacable autorité parce qu'elle a la subtilité de distiller ses messages de soumission sans taper du poing sur la table, à coups de versets bibliques, ce qui ne l'empêche pas de contrôler les pensées les plus intimes des Témoins, d'être constamment dans leur bouche quand il s'agit de se référer à un mode de pensée, de vie.

Bruno a encore vaguement conscience de tout cela, mais tandis que Da Silva pontifie sur la Société, il éprouve une gêne désagréable et persistante. Une petite voix lui chuchote qu'un fardeau écrasant et invisible pèse sur ses épaules, comme un harnais sur le cou d'un cheval de trait.

Un cheval affublé d'œillères.

A la fin de la matinée, les frères se réunissent une dernière fois devant un bar-tabac pour rendre compte des résultats et échanger quelques impressions.

En partant, Da Silva fait un clin d'œil à Bruno.

— Si ça t'intéresse, je t'emmène visiter le Béthel à Boulogne un de ces jours.

— Euh...

— Réfléchis-y et parles-en à Jacques, si ça te dis. Allez, à dimanche, Bruno.

— A dimanche, frère Da Silva.

Dieu me protège du Malin, ironise Bruno en pensée, et, juste après s'être amusé de son trait d'humour, il regrette d'avoir invoqué le Seigneur en vain.

12 – **Souvenir** (OMD)

De midi trente à treize heures trente, Bruno accompagne Veronica et Philippe à ED. Après la prédication, sa mère aime faire simple en matière de déjeuner, aujourd'hui ce sera purée de pois et jambon. Tandis qu'elle inspecte le rayon charcuterie, Philippe glisse une bouteille de Bordeaux dans le caddie en adressant un clin d'œil à Bruno. « Un truc à dire, le gros ? »

De retour à la maison, Bruno trouve une carte postale à quatre vues envoyée par son père dans la boîte aux lettres. Il est en Corse en ce moment, à Ajaccio. Il reviendra sur Paris pour trois jours, peut-être quatre. Bruno n'attend plus grand'chose de lui. La dernière fois qu'il a vu son père remonte à deux ans, et ça n'a duré que quelques heures passées dans un café à Odéon, à entendre de jolies phrases sur le temps à rattraper et sur le contact à garder absolument.

Après manger, il éprouve le besoin de retomber en enfance. Il enfile la cape et le masque de Zorro et joue avec Stéphane. Après avoir négocié en vain le rôle-titre, Stéphane accepte sans grand enthousiasme de jouer Monasterio, le méchant chef des lanciers. Ils ont tiré les antennes de leur talkie-walkie pour en faire des épées et s'affrontent sur un étroit pont de bois, refusant de céder le passage à l'autre, idée de Bruno tirée de *Robin des Bois*. Ils tombent à l'eau, dévalent une cascade qui les emporte en mer, où des requins affamés les encerclent. Ils parviennent à s'en débarrasser à coups de poings, nagent jusqu'à une île de l'Ouest où ils affrontent une horde extra-terrestre qui veut trucider une tribu indienne (quoiqu'il arrive, les extra-terrestres sont toujours de la partie). Ils découvrent que la bande d'E.T. est dirigée par un savant fou obsédé par les gaz toxiques. Ils le tuent, prennent possession de son complexe, stoppent d'autres envahisseurs de l'île, braconniers, pirates, dragons (les villes insulaires de l'Ouest sont faites de bois et brûlent très vite).

Mireille appelle Veronica dans le courant de l'après-midi. Elle a rendu visite à Madjid. Elle ne l'a jamais vu dans un état pareil, dit-elle, il a besoin de tout le soutien possible. Veronica propose à Bruno de l'accompagner. Il se prépare, anxieux, range la panoplie dans la boîte pour la rapporter.

— Et pourquoi j'y vais pas, moi ? proteste Stéphane.

— Trop jeune, dit Bruno.

— Par contre pour faire Monasterio !

Veronica et Bruno laissent Stéphane avec Philippe qui lit enfermé dans sa chambre. Panoplie sous le bras, Bruno demande à sa mère de patienter un instant et va chez Amar, l'épicier.

— Vous savez ce que c'est, des zigomars ?

— Oui, bien sûr. C'est des bonbons algériens. Un peu comme des Carambar.

— Vous en vendez ?

— Non. Mais j'ai des Carambar si tu veux.

Bruno hésite, puis achète pour cinq francs de Carambar. Il sait pertinemment que Madjid demandait en fait ces bonbons à Saïd, le garçon à qui il voulait offrir la panoplie, mais dans l'état où est le pauvre vieux, qu'importe l'identité du donateur.

Boucicaut. Distributeur du rez-de-chaussée assailli de visiteurs. D'autres dispersés à l'étage. Veronica frappe à la porte, attend un instant et ouvre. Le lit où le vieux était couché est vide. Madjid est là, en blouse blanche, teint hépatique, maigre, hagard. Branché à son cathéter, couché de côté sur le matelas de son lit dont on a ôté la housse. Debout près de lui, l'infirmière potelée finit de rouler en boule des draps tachés d'urine, les salue et sort.

« Salut Madjid. C'est moi, Bruno. Tu me reconnais ? »

Le regard de Madjid oblique vers lui, dérape vers la droite quelque part entre la porte d'entrée et celle des toilettes, là où Veronica s'avance et dit quelques mots gentils. Il semble la voir, l'entendre. Soudain une lueur désemparée dans son regard. Ses traits se crispent, son expression prend des accents de souffrance mêlée de honte. Honte de voir son propre corps se rebeller contre lui, de ne plus avoir le contrôle de ses fonctions naturelles. Besoin de cacher le spectacle de son état, sursaut farouche de coquetterie. Et cette volonté de vivre encore ! D'expurger le poison et toutes les substances étrangères de ses entrailles pour naître à nouveau, retrouver la pureté originelle, les jeux, les rires, l'amour... A nouveau le regard se voile. L'infirmière revient avec de nouveaux draps, dit d'une voix de petite fille « ça va aller monsieur Bencharif ça va aller », l'aide à se déplacer pour enfiler la housse du matelas. Madjid émet une plainte enfantine. Les pans de sa blouse fendue s'écartent et révèlent la chair jaunie de ses fesses. Bruno et sa mère détournent les yeux. En quête d'échappatoire, Bruno accroche du regard la Bible sur la table de chevet, se rend compte qu'elle est ouverte à la première page du livre de Job. Il met machinalement la main dans la poche de son blouson, palpe le paquet de Carambar, se dit qu'on n'a pas le droit de rabaisser, d'humilier un homme de cette façon, de le transformer en insulte à ce qu'il a été, en caricature de vie.

Lorsque sa mère et lui se sont éloignés de l'hôpital, il réalise que la panoplie est toujours coincée sous son bras.

13 – A victory of love (Alphaville)

Il cherchait en vain la Fille dans un brouillard épais et sombre, quand le tourbillon est venu l'emporter pour le poser de nuit, sur une place éclairée par un réverbère. Il entend un grognement. Puis le début d'un rire diabolique. Mais cette fois-ci, il n'est pas effrayé. Au contraire, il trouve ce rire ridicule, pitoyable. Il se met à rire lui aussi, plus fort, bien que ce soit d'un rire forcé. Cet artifice dont il a conscience, loin de le faire vaciller, le galvanise en lui révélant son insolence.

L'autre finit par s'arrêter.

Il ouvre les yeux. Il est dans sa chambre. Il descend du lit. Stéphane dort, tourné vers le mur. Il pose ses pieds nus sur le feutre tiède de la moquette et reste debout ainsi un moment. Il ressent le besoin profond de quelque chose de plus grand que lui. Mais en lui.

Un jour, il a lu dans la rubrique « Incroyable mais vrai » d'un *Picsou magazine* que l'homme utilise un dixième de ses capacités cérébrales. Un dixième seulement. Mais peut-être qu'en oubliant les contraintes physiques et intellectuelles imposées par la société, on peut faire exploser cette limite ?

Il attrape un *Strange* dans sa bibliothèque. Il pose la BD au centre du quatrième carré blanc que la lune presque pleine, à travers la fenêtre, projette sur la moquette. Il s'agenouille, observe la couverture en carton grisée par la nuit. Il ne doit pas se laisser distraire par cette image. Il ne doit rien voir. Il doit juste ressentir la matière cartonnée de la couverture, s'en rendre maître atome après atome. Il ferme les yeux et se concentre pour oublier sa famille, Paris, le monde entier. Il n'y a plus que lui et cette couverture. Les atomes de cette couverture.

Toi et moi on ne fait qu'un.

Bouge.

Soulève-toi.

Il se concentre si fort que les lobes de ses oreilles s'échauffent, du moins c'est l'impression qu'il ressent, peut-être même qu'ils rougissent déjà. D'une voix électronique, un compteur interne se met à égrener le taux croissant de sa performance. *12% de puissance mentale totale. 14%... 16%... 20%...* Il est en train d'atteindre les premières frontières du génie. Il a peur. Il n'a pas été préparé à un tel afflux de pouvoir. Il pourrait devenir fou. Il continue malgré tout, car il sait qu'il risque de s'en vouloir le reste de sa vie s'il arrête maintenant. Il grimace. C'est dur. Il entend quelque chose. La couverture de la BD remue, c'est certain.

Ça y est.

Il rouvre les yeux.

La couverture n'a pas bougé d'un pouce. Elle est restée là, immobile, bornée. Stupide et cartésienne. Une couverture. Une pauvre page en carton. La gifle d'un coup de vent suffirait à la retourner, mais l'extraordinaire machinerie du cerveau humain en est absolument incapable. « Je te louerai de ce que, d'une si redoutable manière, je suis fait si merveilleusement » chantait David dans un Psaume.

Mon cul.

Il va à la fenêtre, écarte le rideau. On doit pourtant bien pouvoir réussir à changer certaines choses, à influencer un minimum la réalité, se dit-il en défiant du regard les frênes frémissants de la cour. Il lève les yeux pour contempler le ciel où la lune est venue remplacer le gigantesque Christ-Mort qui l'a frappé d'un éclair, ce ciel nocturne qui ne semble avoir à offrir que les misérables miettes de quelques points blancs à ceux qui espèrent de scintillants ballets d'étoiles.

Il s'allonge dos au sol. Reste ainsi un temps. Il tourne la tête. La peau de sa joue caresse le feutre de la moquette. Il aperçoit, sous le lit près du sac de cassettes de Jean-Christophe, la forme noire de la boîte contenant la panoplie de Zorro. Il l'attrape et l'ouvre. Il se passe le masque de feutrine sur le visage. Matière douce, confortable. Il se lève, se contemple dans le miroir éclairé par un rayon de lune. L'élastique recolle ses oreilles. Le masque le rend Beau, métamorphose ce qui aurait pu être en ce qui est. Son frère dort. Il se dénude, contemple sa poitrine, ses pectoraux qui se dessinent. Nu, masqué, il ouvre la fenêtre. Une brise fraîche s'engouffre dans la chambre, le fait frissonner. Il ferme les yeux, laisse le vent le caresser, le saisir pour l'élever, lui faire traverser la fenêtre, flotter au-dessus des frênes, passer au-dessus de l'immeuble, du quinzième arrondissement, de Paris.

Déjà, le bord vaporeux d'un nuage lui caresse le visage. Tout son corps est enveloppé d'une tiédeur ouatée. Il se sent bien. Apaisé. Il rouvre les yeux.

Il est toujours devant la fenêtre ouverte.

Il fait un geste pour donner la cadence au vent. Les frênes se mettent à danser, balancent leurs branches, font bruisser leurs feuilles. Un autre geste. Le vent s'adoucit, susurre, les branches s'agitent encore un peu puis se figent. Au-dessus de son orchestre végétal, les miettes blanches et la lune approuvent silencieusement.

Il referme la fenêtre car il a commencé à avoir froid.

Il a l'impression d'avoir une réponse sur le bout de la langue. Mais il ne la trouve pas.

— *Demande à Jéhovah.*

— J'ai pas envie...

— *Demande aux adultes.*

— Ils ont peur…

— *À tes amis.*

— Ils passent et ils partent…

— *Alors tu es seul. Tu le seras toute ta vie.*

— …

— *Tu trouves ça triste ?*

— Ouais… je trouve ça triste.

— *T'as envie de pleurer ?*

— Je sais pas…

— *Je crois pas que ça te rende assez triste pour pleurer. Et puis tu sens bien qu'il faut t'habituer, de toute façon. Personne viendra t'aider. Personne changera les choses pour toi. Y'a que toi.*

Moi.

14 – **Girlfriend in a coma** (The Smiths)

Lundi. Il va sécher. Il n'aura qu'à prétendre qu'il croyait avoir été exclu deux jours au lieu d'un, et puis voilà. Et s'ils sont pas contents c'est pareil. Il a un ami à sauver. Y a-t-il plus important ? Il doit coincer la cause de tout, la Grande Responsable. Pasteur s'était servi de la rage elle-même pour en trouver le vaccin. Il ira trouver Catherine, l'ex-petite amie de Madjid, la traîtresse, afin qu'elle extirpe le poison qu'elle a elle-même inoculé.

En surprenant un jour une conversation entre Mireille et sa mère à propos de Madjid, il a appris que Catherine vivait désormais à Courbevoie avec son professeur, Guillaume Bailly. Reste à trouver l'adresse exacte. Il sort les *Contes de Grimm* de la seconde étagère de sa bibliothèque, l'ouvre et y récupère son billet de cinquante francs. Il range au fond de son cartable un bonnet de laine noir et le masque de Zorro, qui empêcheront Catherine de le reconnaître, de le dénoncer ou de se venger d'une quelconque façon. Sournoise comme elle est, elle est capable de tout. Il enfile son blouson en se demandant, conscient de la charge romantique voire naïve de sa démarche, s'il ne désire pas porter ce masque pour de mauvaises raisons.

Rester un enfant. Rester un bébé.

Mais non.

Cette nuit, grâce à ce bout d'étoffe, il s'est découvert un éventail de pensées et d'émotions qu'il ne se connaissait pas. Il s'est senti invincible. Le masque ne possède aucun pouvoir, mais le simple fait de le porter lui donne l'impression d'être en mesure de pouvoir changer quelque chose à cette réalité.

Et tant pis si c'est une connerie.

Gros mot ! Dis « une bêtise ».

Je dis ce que je veux.

Il attrape son cartable, sort précipitamment, puis ralentit dans les escaliers. S'il veut réussir, il doit apprendre à maîtriser ses émotions, à garder son sang-froid. Il sort. Ciel morne et badauds à l'avenant, mais il ne s'en préoccupe pas plus de trois secondes. Il se dirige vers la Poste d'un air dégagé. Il prend même le temps d'observer cette petite vieille apprêtée en essayant de comprendre pourquoi elle semble se réjouir du spectacle scatologique offert par son fox terrier.

Il est près de neuf heures quinze quand il entre à la Poste. Il va vers l'étagère où sont alignés les annuaires de la région parisienne, dont celui de Courbevoie. En quelques minutes, il trouve ce qu'il est venu chercher :

BAILLY Guillaume

122 r Kilford

Il file station Motte-Picquet, change à Sèvres-Babylone, prend direction Porte de la Chapelle et descend à Saint-Lazare, où il achète un billet pour Courbevoie. Sur les quais, des centaines de gens se croisent à toute allure sans se jeter l'aumône d'un regard. Attendant son train, il s'adosse à un mur près des toilettes et pense à Catherine. Il revoit sa silhouette fine, son visage aux pommettes saillantes encadré par des cheveux noirs et lisses, son sourire chaleureux et « innocent », ses yeux rieurs. *Une peau d'vache déguisée en fleur.* Le train arrive et s'immobilise dans un crissement de freins, ouvre ses portes qui crachent des passagers pressés de vivre et de mourir. Il prend place près de la fenêtre. Au bout de quelques minutes, ça démarre. Des immeubles défilent puis un cimetière passe. Pas besoin de beaucoup d'espace pour faire tourner le monde, finalement.

Arrivé à Courbevoie, il se met en quête d'un vieux pour le renseigner, les vieux connaissent toujours mieux leur quartier que les jeunes. Il en trouve un à tête de bouledogue qui lui dit d'aller tout droit, puis de tourner à gauche. Il marche le long d'un trottoir éclairé par le soleil et s'enivre de sensations de liberté et d'audace. Il pense à ses camarades de classe qu'on est en train d'achever à coups de factorisations. Pourquoi les plaindrait-il ? Ils attendent qu'on leur dise quoi apprendre, quoi aimer, quoi porter. Pas plus libres que les Témoins de Jéhovah. Trop bêtes, trop lâches ou trop fainéants pour se chercher une vraie raison de vivre.

Il arrive à destination, entre dans un hall cossu sentant la cire d'abeille. Il repère le nom du petit prof de psycho sur une boîte aux lettres, quatrième étage, porte gauche, escalier face. Et s'il est là, ce monsieur ? Et bien il faut monter quand même, il n'est pas venu jusqu'ici pour faire marche arrière au dernier moment. Il prend le masque et le bonnet de laine, cache son cartable derrière un conteneur du local poubelles. Il coiffe le bonnet, rentre des mèches de cheveux qui dépassent, met le masque de feutrine, l'ajuste sur son nez. Détail gênant, il sait qu'on voit ses pupilles, alors qu'en général on ne voit pas celles des super-héros masqués. Batman, Serval ou le Fantôme du Bengale ont les yeux blancs. Ça les rend inhumains, surhumains. Il rouvre son cartable, en sort une feuille de papier calque froissée. Il en déchire deux petits bouts, qu'il pose au dos du masque, sur les trous des yeux, avant de replaquer le tout sur son visage. Peut-être que ça fonctionne à présent, peut-être qu'il a des yeux blancs, étranges et pénétrants, mais il n'y voit absolument rien. De dépit, il jette les bouts de calque.

Arrivé au quatrième gauche face, il sonne à la porte. Rien. Il sonne à nouveau. Toujours rien. Elle est peut-être à l'université. Il n'a pas pensé à ça. Que va-t-il faire à présent ? Attendre jusqu'à ce soir ? Il s'assied sur la dernière marche et attend près d'une heure. Désappointé, il décide de se promener et de revenir tenter sa chance l'après-midi.

En retournant à la gare de Courbevoie, il réalise que la Fnac de la Défense est à une vingtaine de minutes à pied. Arrivé là-bas, il passe le reste de la matinée à lire des Batman assis sur un tabouret du rayon Histoire, puis il s'achète un sandwich au jambon, une canette de coca et déjeune sur la plus haute marche de l'escalier de l'Arche de la Défense.

Rassasié, il retourne chez Catherine, toujours absente. Il reprend sa place sur le seuil de la porte. Il somnole. Le temps passe. Des bruits de pas le tirent de sa torpeur. Il s'approche de la rampe des escaliers et voit quelqu'un monter. Catherine. Son cœur bat plus vite. Il rajuste le bonnet sur sa tête, le masque sur son nez. La jeune femme est vêtue d'un grand manteau de laine grise. Elle porte deux sacs de courses. Elle l'aperçoit et se fige, effrayée.

— Qu'est-ce que…

— Il faut que vous veniez, répond-il le souffle coupé.

— Quoi ?

— Il faut que vous veniez. Voir Madjid.

Elle soupire, cherche une explication. Ses yeux font des gauche-droite.

— On se connaît ?

— Euh... non. Mais je connais Madjid.

— C'est lui qui t'a demandé... ?

— Non. C'est moi qui...

— Tu veux bien te pousser ? Je suis chargée, là.

Penaud, il descend de quelques marches et s'écarte pour la laisser poser ses sacs devant la porte. Elle cherche ses clés dans la poche de son manteau tout en l'observant.

— Mardi-gras est passé depuis un moment, non ?

— Vous irez le voir ou pas ?

— Avant de me parler sur ce ton, déjà, la moindre des politesses serait d'enlever ce masque et de te présenter.

Désarçonné par son aplomb, il répète en balbutiant :

— Vous... vous irez le voir ou pas ?

Agacée, elle trouve ses clés, ouvre, prend ses sacs et s'apprête à entrer. Il s'avance.

— Vous avez pas le droit de le laisser tomber comme ça.

— T'es qui pour me dire ça ? Qu'est-ce que tu sais de nous ? De moi ?

— Il vous a pas oublié, lui. Alors que vous, vous êtes avec ce... ce…

Elle va répondre, hésite, baisse les yeux.

La colère semble passer.

— Comment il va ? demande-t-elle.

— Mal.

— On m'a dit qu'il a un cancer…

— Oui. À cause de vous…

Elle reste interdite. Outrée, les yeux brillants, elle le fusille du regard.

— Comment… comment tu peux me dire une chose pareille ?

Elle lutte contre des larmes de rage. Il sent à cet instant que si elle pouvait se jeter sur lui et le déchirer en morceaux, elle le ferait. Il a chaud, peut-être à cause du bonnet. Elle a un brusque reniflement, se passe le revers de la main sur le nez. *Larmes de crocodile.*

— Qu'est-ce que t'attends de moi ? Que je lui dise que je l'aime ?

— Le voir, ce serait déjà...

Elle renifle encore, s'essuie encore le nez. Fait un signe de dénégation.

— Pas possible. J'ai pris une décision. Je veux pas revenir en arrière...

Silence.

— Alors vous allez le laisser crever tout seul comme un chien ?

— Tu sais pas tout...

Elle semble s'être rétrécie d'un coup devant l'entrée de son appartement. Elle répète en secouant la tête, « tu sais pas tout... ».

Soudain, elle n'est plus la salope égoïste qu'il avait imaginée. Juste une femme perdue, assaillie de contradictions. Il se demande pourquoi les adultes s'échinent à se rendre malheureux, alors qu'ils pourraient s'offrir facilement un peu de bonheur s'ils daignaient s'en donner l'opportunité.

Qu'ils aillent tous se faire foutre.

Il la plante là et il dévale les escaliers.

15 – A Miracle of Love (Eurythmics)

Il est de retour vers dix-huit heures trente. Sa visite auprès de Catherine a été un fiasco et il a passé le voyage du retour à essayer de ne pas y penser.

Le soir venu, Veronica fait ses yeux de poisson mort devant la télé, Stéphane termine ses devoirs et Philippe cuve dans sa chambre.

Plus tard, pendant la nuit, tout bascule.

Catherine court à l'hôpital et tombe à genoux devant Madjid, implorante, tourmentée. Madjid pardonne, solaire, magnifique. Elle le veille jour et nuit, pendant deux semaines, presque trois. Le dernier jour, le médecin et l'infirmière potelée qui parle avec une voix de petite fille entrent dans la chambre ébahis. Ils annoncent la nouvelle. Les scanners et les radios le confirment, Madjid n'a plus de cancer du cerveau, la tumeur a disparu sans laisser de traces. La puissance de l'amour. Il n'y a pas d'autre explication. Catherine saute de joie, Madjid retrouve son sourire Magnum. Sur le lit voisin, le vieil asthmatique, de retour, éclate de rire. Bruno est là aussi. L'infirmière pousse une chaîne stéréo dans la chambre, tamise la lumière, les couples se forment. Elle avec le médecin, Madjid avec Catherine, Bruno avec Karine qui les a rejoints. Ils dansent un slow sensuel, passionné.

A deux heures vingt-trois du matin, la sonnerie du téléphone éveille Bruno. Quelqu'un se lève, va dans le salon et décroche. Quelques secondes passent. Un gémissement. Sa mère. Il l'entend raccrocher. La porte s'ouvre.

— Bruno ?

— … Quoi ?

Il sait déjà.

« Bruno, je suis désolée. Madjid est mort ».

16 – Losing my religion (R.E.M.)

« Convertir en mètres, en écrivant le résultat en notation scientifique ». Voilà ce que Bruno peut lire sur la photocopie. L'énoncé est écrit à la main, en pattes de mouche, sous un tableau à double entrée, l'une avec des centimètres, des mètres, des kilomètres, l'autre avec des pointillés à remplir. Est-ce que monsieur Rossin a la moindre idée de ce que signifient ces conneries ? *(gros mot, rien à foutre)* Toutes ces mesures, ces catégories, ces étiquettes qu'on colle sur les pensées, les choses et les gens pour se convaincre d'avoir la situation en main. On ne contrôle *rien*. Appelez une merde de chien une orchidée si ça vous chante, ça restera quoiqu'il arrive une merde de chien. Madjid était un gars bien et il est mort. Et c'est pile au moment où tu réalises que ce monde n'a strictement aucun sens, aucun repère, qu'on veut t'obliger à en prendre les mesures ?

Lorsque la sonnerie retentit, Bruno est le premier à se lever et à rendre sa feuille blanche.

En cours de biologie, Karine lit à haute voix un texte sur les virus, « incapables de multiplication autonome, ils dépendent d'hôtes qu'ils parasitent pour leur reproduction », et il éprouve comme un sentiment de fierté à l'idée de ne plus sentir d'émotion à sa vue. Maintenant, c'est comme s'il la voyait au travers de rayons X. Elle est juste un squelette recouvert de chair, un corps piloté par un cerveau, une machine organique qui mange, dort et chie. Tout le reste, c'est ce qu'on a envie d'imaginer. Tout le reste, c'est ce qui vous refile le cancer du cerveau.

L'après-midi, il sèche les cours et va à la bibliothèque Beaugrenelle jouer à des *livres dont vous êtes le héros*.

Il rentre vers dix-huit heures, croise sa mère dans la rue, qui va au parc avec les enfants. Il la salue d'un geste évasif auquel son frère n'a pas droit quand il entre dans leur chambre. Il s'assied sur le lit et reste ainsi quelques minutes, sans penser à rien. « T'es triste pour Madjid ? » lui demande Stéphane. Il se lève brusquement, ouvre le tiroir de son bureau, en extirpe le devoir de français à rendre ce lundi. Il récrit rageusement sur le pâté de Tipp-ex, sous LIVRES QUE JE N'AIME PAS :

« De la terre à la lune, le Bled, la Bible ».

Il s'allonge sur le lit, la feuille brandie devant lui. Il relit à haute voix :

— « Livres que je n'aime pas : De la terre à la lune, le Bled, la Bible ! »

— Eh ! Je suis en train de travailler.

— « Livres que je n'aime pas : De la terre à la lune, le Bled, la Bible ! »

— Arrête !

— « Livres que je n'aime pas : De la terre à la lune, le Bled, la Bible. »

— J'vais l'dire à maman quand elle rentrera !

« Dépêchez-vous de vous préparer, leur lance Veronica de retour une demi-heure plus tard. On part à la salle dans un quart d'heure ».

La salle. La réunion du vendredi soir. Il avait complètement oublié. Le dernier endroit de la planète où il a envie d'aller à cet instant précis. Et pas moyen d'y couper, il n'a pas préparé d'excuse suffisamment à l'avance et sa mère est intransigeante sur le sujet.

Quand ils arrivent là-bas, c'est l'effervescence. Les frères sont sur leur trente et un, on se croirait à la cérémonie des Oscars. Et pour cause, frère Da Silva fait ses adieux à la congrégation Paris-Sud. Un minimum de distinction est requis pour commémorer cet événement. Bruno serre mollement des mains, distribue des sourires forcés. Mireille, visiblement peinée, lui demande s'il va bien. Bien, répond-il. Jacques le rejoint.

« Je viens tout juste d'apprendre, pour Madjid. C'est terrible... »

Bruno acquiesce. Jacques ajoute :

« Heureusement qu'il a eu la chance de connaître la Vérité. On le retrouvera certainement plus tard, Bruno. Au paradis. »

Super.

Jacques lui pose la main sur l'épaule.

« Écoute, les frères sont au courant de la relation forte que tu avais nouée avec lui, et ils savent aussi que tu vas bientôt te baptiser. Alors, exceptionnellement pour l'occasion, j'ai demandé à frère Grandidier de te laisser faire la prière de début de réunion ce soir. Je me suis dit que ce serait une façon pour toi de marquer le coup. Il a accepté. Mais si tu ne le sens pas… »

Bruno dévisage son précepteur biblique. Il se voit déjà avançant vers l'estrade, passant derrière le pupitre, luttant pour être sincère tandis que l'assistance ferme les yeux et se concentre sur chaque mot qu'il prononce, censé faire écho à leur ferveur. Au moment où il décide de refuser la proposition, Da Silva emporte Jacques vers l'estrade. Bruno hésite à interrompre leur conversation, quand frère Grandidier passe derrière le pupitre, invite tout le monde à gagner sa place et à chanter le cantique deux cent onze.

Hagard, Bruno rejoint sa mère.

— Qu'est ce que t'as ? lui demande-t-elle. Tu es tout pâle.

— Je dois faire la prière.

— Mais c'est très bien, Bruno !

Elle comprend rien.

Cacophonie de chants dans la salle. Bruno ne chante pas, sa bouche est trop sèche. Le vacarme cesse déjà. « Nous avons deux annonces à faire ce soir dont l'une est particulièrement dramatique, dit frère Grandidier. La première, qui n'est pas grave bien qu'elle soit importante, concerne le départ de la congrégation de notre surveillant de circonscription, frère Da Silva. » Applaudissements nourris. « L'autre nouvelle, bien triste, est celle du décès de notre frère Madjid Bencharif des suites de son cancer. Nous adressons toutes nos condoléances à ses proches. Nous vous donnerons ce dimanche de plus amples informations concernant les modalités de son enterrement... »

Murmures.

« Ce soir, c'est notre bientôt frère dans la foi Bruno Granotier, fort touché par cette disparition, qui va faire la prière d'introduction. »

Machinalement, Bruno se lève et sort de la travée. Toutes les têtes se tournent vers lui. Il avance comme en état second, monte sur l'estrade, va jusqu'au pupitre. Il se retrouve face à l'assistance, tout est flou, ses yeux travaillent à une mise au point. Frère Grandidier et frère Da Silva sont au premier rang. Jacques au second. Il voit un peu plus loin Jean-Christophe et son père. Mireille sourit au milieu de la salle, pas loin du vieux

Gironella qui doit forcément puer l'ail. Veronica et Stéphane apparaissent plus loin au fond. C'est incroyable comme il peut choisir de se focaliser précisément sur chaque visage ou décider de ne voir qu'un magma informe de gens.

Il incline la tête. L'assistance l'imite. Il ferme les yeux.

« Jéhovah, notre Père qui est au cieux... » commence-t-il. Il s'entend parler trop fort dans les micros. Les battements de son cœur s'accélèrent. « ... Nous nous dirigeons vers toi ce soir pour te remercier d'être présents à... cette réunion… » Sa voix résonne en faisant un Larsen. Son souffle fait craquer les micros. « Nous avons une pensée pour tous ceux qui ne peuvent pas y assister, dont Madjid Bencharif qui n'est plus avec nous. Nous te demandons de... »

Nous te demandons...

Nous te demandons quoi ?

Les mots ne viennent plus.

Blanc.

Le vacarme de tempête que fait son souffle achève de le tétaniser. Il se sent soudain si seul, si livré à lui-même qu'il en tomberait à genoux, là, devant tout le monde. Quelques secondes — une éternité — passent sans qu'il parvienne à raccrocher les wagons. Il a le vertige, l'impression de tomber dans un puits. Il finit par ouvrir les yeux, lève la tête. L'assistance ne bronche pas, têtes baissées, nez au sol, sommets de crânes et nuques offerts, bêtes d'abattoir attendant la décapitation.

« Nous te demandons de... »

Nous te demandons quoi ? A qui ? Que peut-on demander de sérieux à quelqu'un qui n'existe pas, qui n'a jamais existé ? A un mot comme « Jéhovah », qui pourrait tout aussi bien être « cacahuète » ou « pelle à tarte » ou « merde de chien » ? Il ne s'adresse à rien, à personne, et ces imbéciles ne s'adressent à personne avec lui, mais tous se le font croire par leur présence mutuelle, par le nombre, par le fait qu'ils inclinent tous en même temps ces crânes tristement, furieusement vides.

Silence assourdissant. Certains, dotés d'un peu plus de dignité que les autres, finissent par relever la tête et par le scruter, perplexes.

Il quitte le pupitre sans rien dire, sans même s'excuser. Il avance comme un automate jusqu'à sa place, au fond de la salle, regagne son fauteuil en tâchant de ne pas croiser les regards des frères qui s'écartent pour le laisser passer. Jamais on n'a vu ça, une prière publique interrompue, ratée. Il passe le reste de la réunion dans un état de confusion totale, en subissant le bourdonnement des orateurs, en ignorant ses voisins. Quand tout est terminé, il attrape les clés dans le sac de sa mère et file vers la sortie en évitant les frères. Jacques le rejoint dans le sas d'entrée, sourire tordu aux lèvres.

« Ecoute, c'est normal d'avoir le trac, tu n'es pas habitué. Et puis tu dois être remué... »

Bruno ne sait plus s'il doit continuer à faire semblant. Il s'entend juste dire :

— Jacques, pourquoi il a permis ça ?

— Qui donc ?

— Dieu.

Mine déconcertée de Jacques.

— Chapitre onze de « Vivre éternellement ». Tu te souviens pas, Bruno ? C'est un chapitre important…

Face au regard éteint de Bruno, il ajoute :

« Suppose que ta mère ne t'aies pas mis au monde, ça aurait été dommage. Elle aurait pu se dire que ce serait trop dur de t'élever, que tu tournerais peut-être mal. Mais elle a estimé que ça valait le coup. De la même façon, Jéhovah a donné à l'homme une chance d'exister, d'être en vie, de choisir sa voie par lui-même quitte à se tromper… »

Bruno fait un signe de dénégation.

— Si j'étais pas né, je n'aurais pas été malheureux, puisque je n'aurais pas existé. Et les autres n'auraient pas été tristes de mon absence.

Jacques fronce les sourcils.

— C'est à cause de Madjid ?

Bruno continue sur sa lancée, et tandis qu'il parle, il sent ses joues s'empourprer de honte, d'audace et de colère :

— Adam et Eve sont nés pour vivre éternellement dans un monde parfait, le Jardin d'Eden. Un
jour, un ange créé par Dieu s'est transformé en
serpent pour les tromper. Si Dieu n'avait pas créé
cet ange-là, les malheurs du monde n'auraient pas
existé. Mon beau-père serait pas un alcoolique.
Madjid serait pas mort du cancer. La méchanceté
et la mort n'existeraient pas. Jéhovah qui est parfait, Jéhovah qui sait tout, a créé le Diable. Il a
créé le Mal.

— Et le libre arbitre, tu en fais quoi ?

Plusieurs frères arrivent dans le sas d'entrée,
dont Jean-Christophe et Frère Da Silva.

Bruno :

— Le libre arbitre, donc. « Je suis Dieu, parfait et omniscient. Je vous donne le libre arbitre,
faites ce que vous voulez. Je sais que, plutôt que
moi, vous allez écouter le Diable, que j'ai créé
comme ange en sachant très bien qu'il deviendrait
le Diable, puisque je sais tout. Je sais que vous
détruirez tout autour de vous et que vous vous
détruirez vous-même, mais allez-y ! Puisque je
vous dis que vous avez le choix ! »

— Bruno...

— « Vous avez le choix ! Soit vous m'écoutez et vous vivrez, soit vous ne m'écoutez pas et vous mourrez. » Le libre arbitre ! Super !

Jacques se tourne vers Da Silva.

« Désolé. Le décès de frère Bencharif... »

Da Silva acquiesce avec compassion. Jean-Christophe regarde Bruno d'un air étrange. Les quelques frères présents sont intrigués. Da Silva s'avance avec bonhomie :

« Tu sais Bruno, c'est compliqué... En fait, on ne sait pas tout, il y a des choses qui nous dépassent. Les voies du Seigneur sont impénétrables… La sagesse de Jéhovah va au-delà de ce qu'on peut comprendre. On peut critiquer sa façon d'agir alors que Lui, qui est éternel, possède une vision globale, sur le long terme. Lui seul sait ce qui est bon pour nous... »

Bruno secoue la tête. Ses mains tremblent. Les fausses explications ne lui suffisent plus. « Les voies du Seigneur sont impénétrables » signifie qu'on ne réfléchit plus. Qu'on ne pense plus. Ça, il ne peut plus le supporter.

— Ecoute, dit Jacques, je comprends que tu sois perdu avec ce qui vient d'arriver. Rentre à la maison et repose-toi ce week-end. On se revoit mercredi et on en parle.

— J'ai pas envie qu'on se revoit mercredi, Jacques.

Il hésite. Sent les regards lourds.

« Je crois que je crois plus trop à tout ça. Je crois que j'y crois plus trop depuis un moment, déjà. Avant que Madjid... »

Jacques rougit d'embarras.

Gênés, la plupart des frères présents sortent ou retournent dans la salle. Restent Da Silva et Jean-Christophe.

— Tu passes un mauvais moment, dit Da Silva, ça va s'arranger.

— Oui, dit Jean-Christophe, ça va s'arranger.

— Non... Je veux plus me baptiser. Je veux plus étudier la Bible...

Jacques reste interdit. Tout l'édifice spirituel qu'il bâtit patiemment depuis plus de quatre ans se fissure d'un coup sous ses yeux.

— Vraiment ? dit-il.

— Oui.

— Et qu'est-ce que tu vas faire dans ta vie sans Jéhovah ? Tu as vu l'état du Monde, dehors ? Tu comptes t'en sortir comment ?

— Je vais me débrouiller.

— Tu vas te débrouiller ?

— Oui.

Jacques hoche la tête à contrecœur, consterné. Da Silva, soucieux, invite Jean-Christophe à retourner dans la salle avec lui. Jean-Christophe lance un regard vaguement mélancolique à Bruno avant d'obéir.

Jacques et Bruno se retrouvent seuls, face à face.

— T'as pas l'impression que la mort de Madjid est un prétexte un peu facile ? demande Jacques.

— Non.

— Et ta mère ? Ça va pas lui plaire, ta décision. Elle a son mot à dire…

Bruno nie catégoriquement. Quoiqu'il arrive, même si elle lui hurle dessus, même si elle menace de le mettre dehors, c'est fini. Il sait que rien ne le fera retourner à ces foutues réunions.

Peu à peu, Jacques est devenu cramoisi.

— Très bien. Je vois que tu as l'air d'être sûr de toi. Ma grande erreur aura été de ne pas voir venir... Tu me disais que tout allait bien, que tu aimais Dieu, son organisation... Comment j'aurais pu me douter que tu n'en pensais rien ?

— C'est pas si simple...

— Dans ce cas parlons-en ensemble, nom d'un chien ! Voyons où ça achoppe, ce qu'on peut bosser ensemble ! Peut-être que tu n'as pas bien compris certains éléments, que je ne les ai pas expliqués comme il faut... Peut-être que j'ai sous-estimé les difficultés que tu rencontres dans ta vie de tous les jours, qu'il faut que je te soutienne plus au quotidien. Mais ne gâche pas tout, Bruno, ne pars pas comme ça, comme un voleur...

— Non... désolé...

Silence.

Amère déception de Superman. Son petit protégé de longue date refuse finalement d'intégrer la *Justice League*.

« Alors je crois qu'on s'est tout dit. Mais avant ton départ, j'aimerais te lire un verset de la Bible. Tu permets ? »

Bruno accepte avec la certitude, peut-être la toute première de sa vie, que cette concession à Dieu sera la dernière, que ce verset sera le final. Jacques fait claquer les pages de sa Bible. Peut-être va-t-il l'encourager malgré tout pour la suite, pour le long voyage sombre et solitaire qui l'attend à l'extérieur, dans le Monde.

— C'est dans Matthieu, chapitre sept verset six. Tu m'écoutes ?

— Oui.

— « Ne donnez pas ce qui est saint aux chiens, et ne jetez pas vos perles devant les porcs, de crainte qu'ils ne les piétinent avec leurs pieds et que, se retournant, ils ne vous déchirent. »

CLAP. Il referme sa Bible en coup de guillotine.

— Au revoir, Bruno.

— ... au revoir Jacques...

Et Jacques va rejoindre tous les autres dans la grande supercherie.

Quand Bruno ouvre la porte de la salle du Royaume pour sortir, Jean-Christophe lui dit :

— Tu reviendras pas ?

Bruno fait non de la tête.

Déception de Jean-Christophe.

— Ils vont t'exclure, tu sais. Définitivement. Je pourrai plus jamais te parler...

— Je sais.

— C'est dommage, Bruno...

Bruno hausse les épaules, plus par bravade que par désinvolture. Jean-Christophe hésite, puis :

— Bon... alors il va falloir que tu me rendes mes cassettes... on se donne rendez-vous demain soir ?

Cinq ans d'amitié.

Bruno veut répondre.

Puis il y renonce et sort.

17 – **Mama** (Genesis)

Jean-Christophe, Jacques, Mireille, Gironella, les frères, les sœurs, la Salle du Royaume et tous les Témoins de Jéhovah du monde s'éloignent à toute vitesse derrière lui. Il fait froid. Il ferme son blouson. Au-dessus de lui le ciel n'a jamais été aussi noir, aussi chargé d'ombres et de mauvais présages. C'est comme quitter une maison familiale et chaleureuse de village, une nuit d'hiver, pour s'enfoncer seul dans une forêt obscure, glacée, infestée de loups affamés à l'affût.

Arriver à la maison ne chasse pas les ténèbres. Pourquoi cette sensation de cauchemar, d'oppression et de mort ? Ne vient-il pas de briser une de ses chaînes, la plus lourde peut-être ? Mais il ignore ce qu'il va devenir, lâché seul dans le monde hostile et inconnu. Ou pire, il ne le sait que trop. Tout à l'heure Philippe rentrera ivre, et s'il ne vient pas jusque dans sa chambre pour lui chercher querelle, il restera dans la sienne à passer sa collection de livres en revue avant d'aller se coucher. Veronica s'endormira devant la télé. Stéphane préparera son cartable pour demain. Lui, il attendra que passe le week-end pour retourner au lycée lundi. Plus tard la fac ou le boulot. Sans doute le boulot. Orphelin des Témoins, de Jéhovah et de toute cause, il errera sans but parmi les hommes fous, comme le Phantom Stranger. Il perdra toute sensibilité à force d'en avoir eu dans ce monde violent et sans espoir aucun. L'apathie diluera son essence avant de la réduire à néant. Comme Philippe, il se dégotera un job de manutentionnaire dans un magasin, au mieux une place d'employé de bureau dans une firme implacable et aseptisée, un avatar profane et *corporate* des Témoins de Jéhovah où on lui fera ingurgiter à la petite cuillère une raison de vivre. Peut-être même que lui aussi, comme son beau-père, devra boire pour tenir la distance, pour supporter le fait de se lever tous les jours dans le but de vivre envers et contre lui-même. Il aura des instants de lucidité parfois, pendant lesquels il sortira brièvement de sa léthargie, se demandant ce qu'il peut bien foutre à pousser un chariot de conserves ou à faire des photocopies, mais il aura atteint à ce moment-là le paroxysme de l'effort intellectuel, le summum de ses possibilités émotionnelles, et, épuisé par cette combustion soudaine d'énergie, il décidera un beau jour de cesser à tout jamais de se poser la moindre question.

Partie d'échecs truquée dès le début, avec fonction basique, minimale, celle de pion à jouer du début jusqu'à la fin. Avec un beau-père roi et une reine-mère pour commencer.

Son regard tombe sur le poster du Joker au-dessus de son bureau.

Et s'il prenait tout le monde par surprise ?

S'il devenait Fou ?

Un fou héroïque.

Il va dans sa chambre, fouille dans son cartable et en sort le masque en feutrine noir, qu'il met. Coup d'œil dans le miroir. Masque et costume-cravate lui donnent l'air d'un héros classe, à l'ancienne, comme le Spirit. Il pense à *De la terre à la lune*, dont Philippe caresse les pages à la tranche dorée soir après soir, sans doute bien plus qu'il ne caresse sa femme.

Il pénètre dans la chambre de son beau-père, sanctuaire interdit empreint d'une étrange odeur d'encens, identifiable pour un nez exercé, celle de tabac à pipe, d'un mélange diffus d'alcool et de réglisse. Du regard, il défie la bibliothèque. Sur l'étagère du haut, la reliure vermillon règne sur son autel de bois compartimenté et fait étinceler sous l'ampoule du plafond les fragments d'or de son titre. Il va chercher l'escabeau dans les toilettes. De retour dans la chambre, il le déplie, en cale les pieds sur la moquette, grimpe. La reliure sacrée s'est maintenant changée en tranche d'un bloc de TNT prêt d'exploser à tout moment. Il retient son souffle, saisit le pavé-bombe. Les motifs dorés de la couverture flamboient. Un livre voisin tombe. Il descend, pose le Jules Verne sur le lit et ramasse le livre, une vieille édition poche des « Histoires extraordinaires » d'Edgar Poe. Il se demande si cet ouvrage, posé à côté de l'autre, revêt la même importance pour son propriétaire. Il ouvre celui-ci à la première page et découvre une inscription au stylo noir, en haut à droite :

Philippe DELACOTE

Cellule B4.45

Prison de Fresnes

Confus, il fixe un instant cette inscription. La lit. La relit. La relit encore.

Il se revoit à six ans, lorsque sa mère le confiait à une voisine pour le week-end afin d'aller « voir un ami ». Il réentend leurs disputes, lorsqu'elle rappelle leur passé à Philippe, lui reproche d'avoir fait des milliers de kilomètres « pour le voir » et pour trouver froideur et indifférence à son arrivée. Il se souvient de la salle vide dans laquelle sa mère et Philippe se sont mariés. Il était présent. Et cette histoire de taxi qui revient souvent, à propos de laquelle ils n'ont jamais voulu lui apporter la moindre explication. Celle-ci est limpide, désormais. Peut-être alcoolisé, Philippe a agressé un taxi, s'est fait arrêter et a purgé une peine de prison, sans doute de plusieurs années. Veronica l'a rencontré à ce moment, ou peut-être un peu avant. Pendant trois voire quatre ans, elle lui a rendu des visites régulières et a fini par l'épouser dans l'enceinte de la prison même ou au sein d'un local administratif affilié à l'univers carcéral.

En trois ou quatre ans voire plus, elle avait eu amplement le temps de réfléchir aux conséquences éventuelles d'un engagement avec un homme capable, coupable d'un acte criminel.

Mais non. En toute conscience, de façon absolument volontaire, préméditée, elle avait choisi de se marier avec un alcoolique dont elle savait qu'il pourrait se révéler violent et dangereux pour elle-même et pour ses enfants. Et elle l'avait livré, lui, Bruno, à l'époque âgé de sept ans, totalement vulnérable, incapable de se défendre, à la colère et la folie d'un malade.

Bruno s'affale sur le lit de tout son long, près du Jules Verne et du Poe, regard au plafond. Pousse un long soupir. Pas de Jéhovah. Pas de Destin. Juste un père qui n'est pas là et une mère qui décide. Une mère prête à tout pour combler ses manques. Prête à sacrifier ses enfants.

Il se redresse, observe le Jules Verne, gros bijou surchargé de fioritures. Sur la partie supérieure de la couverture, « VOYAGES EXTRA-ORDINAIRES PAR JULES VERNE » est inscrit en caractères noirs dans trois lignes d'or recourbées vers le bas, à l'intérieur d'un éventail gaufré. Sur la partie inférieure, « DE LA TERRE A LA LUNE » brille en lettres d'or, encadré par un rouleau de parchemin rebelle lui-même flanqué de deux vignettes dorées qui représentent un ballon de voyage et l'intérieur d'une caverne. D'autres dorures ornent la couverture, tête d'éléphant, voilier, appareil de mesure sur trépied, boucle de corde, ampoule, ancre et compas, le tout traversé de feuilles de laurier.

Pris de répulsion Bruno se lève, attrape un stylo sur le secrétaire de Philippe, revient pour s'agenouiller devant le lit et ouvre le livre à sa page de garde sépia. Depuis son plus jeune âge, on lui impose des dédicaces dont il ne veut pas. Pourquoi n'imposerait-il pas la sienne ? Le cœur battant, l'haleine courte, il ôte le bouchon du stylo, pose la bille sur le papier, travaille à faire monter sa colère en pensant au coups et aux insultes reçus toutes ces années à cause de telle chanson chantée trop fort sous la douche, de tel trognon de pomme abandonné sous son bureau, de telle poubelle pas descendue à temps. Il gaufre le précieux papier d'une signature héroïque, un grand B noir, B comme Bruno, B comme Batman.

Il contemple un instant ce B, terrifié et émerveillé de son audace.

Tremblant, il referme le livre, remonte sur l'escabeau pour le reposer, avec le Poe, dans la bibliothèque, redescend.

Pas de retour en arrière possible, alors pourquoi s'arrêter en si bon chemin ? Frapper plus fort.

Le pinard.

Grâce à sa mère, il sait où Philippe cache ses bouteilles. Un jour que l'autre n'était pas là, elle est entrée dans la chambre et a fouillé dans son placard. Bruno l'a espionnée par l'entrebâillement de la porte. Il l'a vue sortir une bouteille de rouge d'une petite trappe sous la penderie. Elle a adressé une insulte à la bouteille ou à son propriétaire, puis malgré tout, peut-être par crainte de ce dernier, elle l'a remise à sa place et refermé la trappe.

Il ouvre le placard, enlève les paires de chaussures cirées de Philippe, les pose sur la moquette. Il essaye de faire jouer la planche du fond. Elle résiste. Il insiste. Elle se décoince. Il l'ôte. Deux bouteilles de rouge sont couchées là.

— *Tu nous f'ras rien. T'as trop peur.*

— Ah ouais ?

Il les attrape par le cou, les emmène dans la cuisine et les pose sur la table. Il ôte sa veste, dénoue sa cravate, saisit la première par le goulot, s'approche de l'évier, puis l'abat. Elle se brise sur le bord en émail. Un flot rouge violacé jaillit, dont une partie atterrit sur le carrelage. La seconde bouteille connaît le même sort. Il contemple un temps son carnage, puis il décide de trouver une serpillière pour tout nettoyer avant le retour des autres. A ce moment, Philippe entre.

« Qu'est-ce que c'est que ce cirque ? »

Bruno cesse de respirer.

— Tu peux me dire ce que c'est que ce bordel ?

Il a l'air sobre ce soir.

— Rien…

— Rien ? Et ça, c'est rien ? A quoi tu joues avec ton masque sur la gueule ?

Bruno n'est plus aussi sûr de lui, ni de son audace. Philippe reste là, comme un point d'interrogation menaçant sur lequel on aurait jeté une gabardine grise. Bruno se prépare à le voir charger, prie pour qu'il glisse sur la flaque de vin dans sa course et se brise le dos. Mais Philippe se contente de pousser un soupir excédé.

« On va arrêter les conneries pour ce soir… Tu vas me nettoyer toute cette merde avant que ta mère revienne. On parlera du reste plus tard... Et enlève-moi ce masque, t'as l'air complètement con. »

Philippe soupire encore, va dans sa chambre. Etonné, Bruno ôte son masque et sa cravate. Il va prendre un seau dans le placard à balais. Tout en essorant une serpillière, il commence à se dire qu'il a peut-être fait ce que tout le monde attendait de lui, finalement. Peut-être que Philippe n'est pas si stupide. Peut-être qu'il va se remettre en question, faire une cure de désintoxication. Peut-être qu'on va enfin pouvoir vivre normalement dans cette maison, et faire comme la plupart des gens, parler de tout et de rien à table, sortir, rire... être un peu heureux, quoi.

Veronica et Stéphane arrivent.

« C'est quoi, ça ? » demande Philippe d'une voix blanche.

Bruno se tourne. Philippe est ressorti de la chambre, pâle. Il a ôté sa gabardine. Il tient *De la terre à la lune*, ouvert à la page de garde sur le « B ».

« C'est toi qui as fait ça ? »

Un tremblement dans sa voix.

« Qu'est-ce qui se passe ? » demande Veronica en découvrant l'état de la cuisine.

« C'est toi ? » répète Philippe.

Bruno est pétrifié.

« Va dans ta chambre, ordonne Veronica d'un ton inquiet à Stéphane avant d'ajouter, Philippe, c'est moi. J'étais en colère et... »

« Et t'as écrit un « B » sur mon bouquin, bien sûr... Prends-moi pour un con, Véro. Non, non, je sais bien que c'est lui... hein, que c'est toi qui a fait ça ? »

Silence de Bruno.

Sans prévenir, Philippe bondit sur lui, attrape sa tête à deux mains, l'abaisse brusquement et lui écrase le nez du genou. La douleur est indescriptible. Bruno hurle, se voit partir en arrière tandis qu'un filet de sang s'envole devant lui dans les airs. Veronica et Stéphane crient. Bruno court se réfugier dans la salle de bains. Jamais il n'a autant souffert. Du sang coule sur sa chemise, goutte sur le sol. Il se voit dans le miroir, le sang et les larmes se mélangent sous son nez bleu, énorme, sur sa bouche et sur son menton. La porte s'ouvre à la volée. Philippe surgit, arme son poing, mais Bruno anticipe et, désespéré, le gifle. Philippe s'arrête, surpris. Bruno se sent incroyablement lucide. Il n'a aucune envie de se battre, de faire mal, mais l'autre — il le lit dans ses yeux — est une bête possédée par la haine, qui se jette à nouveau sur lui, lui saisit le bras, le traîne hors de la salle de bains et l'envoie valser dans la cuisine. Bruno tombe dos au sol. Cris. L'autre s'approche et se baisse pour l'empoigner, mais Bruno, soudain hors de lui, fléchit les jambes et, de toutes ses forces, lui décoche une ruade dans la poitrine. Philippe part en arrière, tombe, le dos de son crâne heurte le carrelage avec un bruit sourd.

Il reste étendu.

Bruno se relève. Il essuie ses larmes, le sang sur sa bouche. Philippe essaie de se redresser, sonné. Veronica lui crie qu'il est complètement malade. Stéphane pleure.

« Dégage, suffoque Philippe. Dégage. T'as rien à foutre ici... »

Les jambes flageolantes, Bruno retourne dans la salle de bains, déroule d'une main tremblante une longue feuille de papier toilette qu'il roule en boule et colle sous la torture qu'est devenue son nez. Il sort de l'appartement, entend sa mère l'appeler. Il dévale les escaliers, sort de l'immeuble. Halos blancs des réverbères dans la nuit. Goût métallique du sang dans sa bouche. Il avise l'escalier de béton qui monte jusqu'à la résidence d'en face. Il le gravit et, arrivé en haut, s'appuie contre le parapet qui surplombe la rue. Les minutes passent, rythmées par les élancements aigus de son nez. Il se tamponne les narines avec le papier rougi. Son crâne va exploser. Son regard trouble tombe sur l'entrée de leur immeuble. Le double de sa mère apparaît. Elle regarde d'un côté et de l'autre pour finalement lever les yeux et l'apercevoir. Elle traverse la rue, monte les escaliers et le rejoint.

— Je vais le quitter.

— Depuis le temps que je te le dis.

— Je suis désolée, désolée pour tout, Bruno. Tu sais, j'ai reçu un appel de Catherine, hier. Tu te souviens de Catherine, l'ancienne petite amie de Madjid ? Elle m'a dit qu'un drôle de garçon attifé avec un bonnet et un masque lui a rendu visite pour lui dire que Madjid n'allait pas bien, pour lui demander d'aller le voir. C'était toi, pas vrai ?

— Ouais. J'aurais pas dû y aller, d'ailleurs…

— Catherine y est allée, Bruno.

— Voir Madjid ?

— Quelques heures avant sa mort. Il l'a reconnue. Il est mort avec un sourire aux lèvres. Un sourire aux lèvres, Bruno. Tu as bien fait d'aller voir cette fille. Allez viens. Tu vas tomber malade.

— Non.

— Allez, viens. Philippe dort, maintenant. Tu peux rentrer.

— Philippe, je veux qu'il crève.

— Ne dis pas ça.

Soudain pris d'un accès de rage, il la frappe au ventre. Elle s'incline, le souffle coupé. Il la redresse d'un coup au visage. Puis un second en crochet par la droite. Un troisième en direct. Le nez de sa mère explose en une gerbe de sang.

Plusieurs dents sautent. Elle titube, comme conta-
minée par l'ivresse de son si cher mari, s'affale
dos au parapet, aux abois. Il frappe encore. Elle
pousse un cri déchirant, bascule de l'autre côté et
disparaît. Il est transi par un feu immense et des-
tructeur. Un feu de résurrection. Souffle court,
poings serrés, il laisse ce feu se résorber, devenir
peu à peu le filet de sang froid qui s'écoule de son
nez, la brise fraîche qui fait frémir les plis de sa
chemise.

Il avise la rue en contrebas, où l'ectoplasme du
cadavre de sa mère se surimprime encore un
instant sur la réalité du trottoir avant de s'éva-
nouir.

Il balaye du regard les fenêtres, derrière les-
quelles les voisins créent leur histoire qui, il le
sait, n'ont absolument rien à voir avec la sienne,
parce que les leurs sont plus belles, plus passion-
nées, plus vivantes. Il lève les yeux vers le ciel
nocturne incorrigiblement avare, puis les ferme.

Conscience cosmique.

Il devient sa mère, petite fille perdue, incapable
d'offrir ce qu'elle n'a jamais pu recevoir. Il
devient Philippe, pathétique marionnette condam-

née à ne jamais voir les fils qui l'agitent. Il devient Stéphane couché, désemparé, se demandant où est Bruno. Il devient un chat de gouttière endormi sous une voiture, un cactus desséché sur le rebord d'une fenêtre en face, un réverbère planté au bord du trottoir. Il devient une miette de sandwich laissée par un clochard sous un banc. Il devient une étoile inconnue. Il devient tout ça et quelque chose en plus. Lentement, il se vaporise en un millier d'atomes, chacun avec sa propre substance, sa propre individualité.

Il s'étend d'une extrémité de l'univers à l'autre.

Il rouvre les yeux. Se retamponne les narines.

Puis il se demande combien de temps il est convenable d'attendre encore avant de rentrer à la maison.

Table

1 – The great commandment (Camouflage) 3

2 – I don't believe in you (Talk Talk) 17

3 – Pale shelter (Tears for Fears) 27

4 – Take me tonight (Kim Wilde) 43

5 – Everybody's got to learn sometimes
(The Korgis) 45

6 – Secret (OMD) 65

7 – It's as sin (Pet Shop Boys) 73

8 – Little 15 (Depeche Mode) 91

9 – A little innocence (Cock Robin) 105

10 – Living a boy's adventure tale (a-ha) 115

11 – True faith (New Order) 129

12 – Souvenir (OMD) 145

13 – A victory of love (Alphaville) 151

14 – Girlfriend in a coma (The Smiths) 157

15 – A miracle of love (Eurythmics) 167

16 – Losing my religion (R.E.M.) 169

17 – Mama (Genesis) 187

Contact : hukenzie@gmail.com

chaltaros.fr